九歌一一一年童話選

解封想像 輕旅行 出發囉！

探訪——「暖心童話湯」

張桂娥 主編

九歌童話選

III

年度童話獎

陳麗芳

我的媽呀變成溫泉了

九歌111年
童話選 得獎感言

陳麗芳

首先感謝上帝，祂使如此平凡的我可以得到如此不凡的殊榮，超乎我所求所想。

感謝九歌和主編們，您們的肯定於我是莫大的鼓勵，使我在斜槓生活中能繼續筆耕、創作童話。

身為三個孩子的母親，我很慶幸有十年的時光在家陪伴他們，每天我為孩子讀的故事、生活發生的點滴、稚子的奇思妙想，都成為寫作的土壤。對我來說，童話是通往孩子內心最美麗的橋，也是引領孩子飛翔最寬闊的翅膀。能創作出孩子喜歡的故事，我感到無比幸福。

最後，感謝我的家人，我始終知道，使我發光的不是獎項，而是你們。

111年童話選

目錄

童話湯旅・第三站　友情暖心湯

主編的話

童話湯旅・第一站

親情暖心湯

我的媽呀
變成溫泉了

陳麗芳

插畫／劉彤渲

作者簡介

筆名藝萱，基督徒，喜愛想故事和說故事，希望能藉此留住童心。我的信仰和家人是靈感和力量的泉源。

童 話 觀

童話沒有門檻，是所有人都能進入的桃花源；童話並非虛妄，是建構在想像與現實之上的彩虹橋。

夏日炎炎，玲玲和母親走在溫泉區的上坡路，她頭頂著一個大火把，心裡藏著一個小火把，不禁嘟嘴埋怨，「熱死我了，到底還要多久才到？」

「快了，『變美溫泉旅館』就在這條路的盡頭。」媽媽把擰乾的手帕遞給女兒，玲玲卻扭過頭不接，明顯還在生氣。

終於，她們到了「變美溫泉旅館」，電動門一開，涼意撲面而來，兩人把暑氣像大外套脫在外頭，頓時神清氣爽。

前兩天，當媽媽告訴玲玲週末要去住溫泉旅館時，她還大聲抗議著：「哪有人夏天去泡溫泉，是想當水煮蛋嗎？」而且名字還很俗氣，說出去都覺得難為情。

「夏天去才有大特價啊，而且這家招牌是美人湯，多適合我們啊。」媽媽說。到底是因為她們很美所以適合，還是因為她們需要變美所以適合？媽媽沒說。不過此時的玲玲發現，住旅館還是有住旅館的好處，至少冷氣可以大方吹，不用像在家吹一下就被媽媽偷偷關掉。

「請問，」媽媽對著櫃台的小姐露出燦爛的笑容，「可以給我們一間能泡冷泉的房間嗎？」

「沒問題，只要加價兩千元。」服務小姐有一雙狐狸似的狹長眼睛，聲音非常好聽。

「那、那、還是算了。」媽媽瞄了一眼玲玲，聲音低了幾分，「有沒有不加價但是一看就很棒的房間？」

玲玲只聽前半句就氣呼呼的走開了。媽媽之前跟學校老師說了出去玩的事，一傳十、十傳百，搞得全班都來打聽她要去哪裡玩。她怕同學笑自己，只好硬著頭皮說，她要和媽媽去泡有名的冷泉。媽媽真是個大嘴巴，每天在學校除了煮飯燒菜，總喜歡把她的事告訴別人，這次又害她下不了台。她越想越氣，衣角都抓皺了。

「玲玲，快來，我們有一間超棒的房間，你一定會喜歡！」媽媽熱情的牽起她的手。

「才怪，我又不是三歲小孩。」玲玲把手抽回來冷冷的說。

「等等你就知道了，」媽媽的笑容未減，不疾不徐的領著玲玲到房間門口，她把房卡塞入女兒手中，「來，讓你打開。」

打開房門的心情就像打開禮物，即使玲玲心裡一再告訴自己，「沒有期待就沒有傷害。」她握著門卡的手還是微微發抖。開門的瞬間，她知道自己錯了。

「這間房間真的很棒吧！」媽媽一臉得意。玲玲驚訝得說不出話，只能僵硬的點點頭。

這間日式套房寬敞、明亮，入門後是一個設備齊全的小客廳，左邊的門通往一間和室，右邊的門通往獨立湯池。由於事先沒有期待，這時驚喜感就像爆炸開來的煙花，在玲玲的心中不停往上竄。

「這是我再三拜託才換到的房間呢，不用加錢喔！」媽媽特意加重最後幾個字，「對了，那個小姐說，這個湯池每次不能泡超過三十分鐘。」

「我才不要泡溫泉！」玲玲不想讓自己顯得太高興，她還沒完全消氣。

「好吧，」媽媽面露一絲遺憾，「媽媽會連你的份一同泡回來的。包包裡有便當，你拿出來吃。」

包包裡有兩個便當盒，一個裝切好的西瓜和芭樂，另一個是排得整整齊齊的蛋包飯團，每個飯團上都有紫菜剪成的可愛笑臉。「搞什麼，我都十二歲了，又不是幼兒園小朋友。」玲玲雖然嘴上埋怨，嘴角卻微微勾起。

時間像飯團一樣，不知不覺間就被一口一口吃掉了。正當玲玲奇怪媽媽怎麼還沒泡完時，「啊！」湯池傳來一聲驚呼。難道媽媽滑倒了？玲玲焦急的拉開門一看，卻不見半個人影。

「媽！」奇怪，人去哪了？她提高音量，「媽媽，你去哪裡了?!」一股不安感有如潮水漫過玲玲的全身。

「我在這裡！」聲音從湯池中傳來。玲玲跪趴在池邊仔細看，泉水清澈見底，但水中什麼都沒有。「媽媽，你在哪裡？」

水面上倒映著一張臉，五官幾乎和玲玲一模一樣，但胖了一大圈，額頭上有一道道像皺紋，又像水的波紋。居然是媽媽的臉！玲玲以為自己眼花，揉揉眼睛再看還是一樣。

「玲玲，媽媽泡得太久了，好像不小心……」媽媽尷尬笑了兩聲，「不小心變成溫泉了。」

「什麼！」玲玲尖叫。

「別緊張，我想過一陣子就沒事了。」媽媽淡定的說。從小到大，不管遇到什麼倒楣事，媽媽總是這樣安慰她。

玲玲用力的搖搖頭，「不行，我要叫旅館的人來。」

「別去、別去！」媽媽焦急的喊，她不好意思告訴女兒，自己已經簽下後果自負的切結書，只好解釋，「變成溫泉感覺很特別耶，我想再多玩一下。」她激起陣陣水花，「玲玲，你想打水仗嗎？」泉水彷彿被無形的手潑起，灑了玲玲一身。

「現在是玩的時間嗎？」玲玲瞪大雙眼問。

「別這樣嘛，出來玩就是要開心啊！」水波一道接著一道輕輕盪到池邊，就像母親哄睡時的撫拍，「玲玲，不管怎麼樣，媽媽都會陪著你。」玲玲捏了下自己的大腿，會痛，這不是夢。湯池中傳來媽媽的呼喚，「來嘛，一起玩。」

算了不管了，玲玲終於下定決心跨進湯池，池水幾乎漫到她的腰，溫度比洗澡水熱一點。她跪坐著，任由泉水，喔不，是母親將自己完全包圍。

「玲玲，放輕鬆，我來讓你試試『媽媽牌按摩溫泉』。」說完，陣陣水流從四面八方湧來，有的強勁，有的柔和，玲玲被按得飄飄然，感覺全身骨頭都消失了，身體和雲一樣輕盈。

「媽媽，你按得好舒服喔。」玲玲由衷發出讚嘆。

「當然，我的手打牛肉丸，全校都愛吃，這手勁是我的招牌絕活。」舒服歸舒服，湯池沒有冷氣，不一會兒，玲玲已經滿頭大汗。「玲玲起來吧，要是你也變成溫泉，那就糗大了。」

玲玲從和室找來一個乾淨的玻璃杯，盛起一杯滿滿的溫泉水，「媽，我幫你降溫一下。」

一人一杯回到冷氣舒適的小客廳，玲玲把一片碎冰放進杯裡，杯內傳出長長的呼氣聲，「好—舒—服—啊！」聽起來好像快融化了。

「媽媽，我們現在可以討論怎麼讓你變回來了吧？」

「等等，還有件事，我覺得現在做比較好。」

「什麼事？」

「媽媽想跟你說對不起。」她覺得再也沒有比這一刻更好的時機。她沒有臉，所以認錯時不會臉紅，她沒有手，所以緊張時不用擔心手放哪裡。

杯壁的暖氣遇上冷氣的強風，凝結成小小的水珠，就像媽媽心虛時額角上的汗滴，「玲玲，媽媽和老師們聊天時，總是不小心把你的事都說出去，讓你很不開心，對不起。」

玲玲愣了片刻，明明是氣了那麼久的事，一被說破，就像刺破的氣球，輕飄飄的落在地上。她之前想說的氣話全都忘光了，脫口而出的是，「我也沒有很生氣啦，」她頓了頓才說，「其實大家都喜歡你做的午餐，我也很開心。」

「太好了。」水面泛起微笑般的漣漪，「其實媽媽也很為難，我有一個漂亮、乖巧的女兒，真的恨不得大家都知道。」

「少來！你要是再拿我的事出去吹牛，我現在就把你放進冰箱裡！」玲玲插著腰，頗有幾分母老虎的架勢。

「知道了，我好怕喔。」媽媽呵呵的笑。

為了值回房價，晚餐休息後，媽媽邀玲玲再泡一次溫泉。「當溫泉好像也不錯，工作輕鬆，冬天也不會冷。」媽媽開玩笑的說。

玲玲一面游，一面答，「那我變成冷泉好了，可以一直待在你旁邊，如果你太熱了，我就給你澆一點冷水，如果我太冷了，你就給我澆一點熱水。」想像母女雙泉的畫面，兩人都哈哈大笑起來。

「媽，我覺得你這個溫泉好厲害喔，泡那麼久都一樣熱，不用換水耶！」玲玲驚奇的說。

「那當然，你記得嗎，你小時候都喜歡抱著我睡，說我能讓你從頭暖到腳，長大了，就嫌我身上太熱了，抱一下都像被燙到。」

玲玲不好意思的笑了笑，她決定，回家後一定要拜託媽媽把冷氣開強一點，她想再試試抱著媽媽睡的滋味。不知不覺間，她的眼皮沉重，彷彿這一刻已經在媽媽的懷抱裡，酣然入睡。

「玲玲，你泡二十五分鐘了，該起來了。」媽媽叫喚著，還用水花輕拍她的臉，「玲玲，你怎麼睡著啦，快起來啊。」然而，玲玲已經睡熟，不知夢到什麼，臉上還帶著笑容。

「玲玲快醒來啊！」媽媽焦急的直冒水蒸氣，眼看著靠著池邊的玲玲身體漸漸滑入泉水中，水面從胸口升到脖子、下巴、嘴唇。媽媽再也顧不得別的，她猛烈撞開池底的塞子，排水口上方出現強勁的漩渦，泉水奔流而出，水面下降。當玲玲躺在池底時，池內只剩下零星的水漬，斑駁得像風吹碎的葉子。

「媽媽……」當玲玲醒來時，花了幾秒鐘才想起來自己在哪裡，又花了幾秒鐘才搞清楚發生什麼事，「媽，你在哪裡!?」她叫喊著。但沒有任何回應，什麼也沒有。她跌跌撞撞的衝出去。

「你們有沒有看到我媽媽？」玲玲心急如焚跑到櫃台邊。

狐狸眼小姐搖搖頭，「怎麼了？你媽媽會不會出去買東西了？」

「不可能，」玲玲急得快哭出來，「媽媽說她會一直陪著我。」

狐狸眼小姐陪著玲玲回到房間。一進房門，玲玲便將整件事仔細

說一遍，「我媽變成溫泉，現在又不見了，你們這旅館到底怎麼回事？她在哪裡？」

狐狸眼小姐單手撐著下巴，「原來如此啊，」她沒有絲毫訝異，反而指指媽媽的皮包，「我先前給了媽媽一張切結書，你看了嗎？」

切結書？玲玲捏緊拳頭，「我才不管什麼切結書，你快點告訴我媽媽在哪裡！」

狐狸眼小姐卻逕自打開皮包，「好孩子，先看看再說。」玲玲緊抿著嘴，不甘願的接過那張略帶著溫泉氣味的紙。

變水溫泉小心使用，如有意外後果自負切結書：您好，變水溫泉乃變美溫泉旅館的祕密王牌溫泉，如非店主指定的特別嘉賓，不得擅自使用。使用三十分鐘後全身舒暢、皮膚嫩滑，效果非常顯著。唯使用者必須留意時間，若超過三十分鐘，不只是變水，還會真的變水。上述說明使用者知悉後請簽名，如果違反使用方式，一切後果敬請自負。

畫線處的確是媽媽的簽名。玲玲後悔了，她不該氣呼呼的離開櫃台，任由媽媽簽下這莫名其妙的東西。

幸好，文末還有一行小字，「註：如果真的不只變水，而是真的變水，也不用擔心，只要留存少許溫泉，五小時後將恢復原狀。」

「有救了！」玲玲立刻跑到湯池裡跪著東摸摸西找找，膝蓋都磨紅了。只可惜，溫泉水的溫度高，先前的水漬早已乾了，一點痕跡也沒有留下。

「不會的，媽媽不會不見的……」玲玲自言自語的說。

這時背後又傳來好聽的聲音，「小妹妹，和室那裡好像有人。」

和室？對了！玲玲想起某事眼睛一亮，跳起來跑進和室。果然，媽媽安然的睡在角落，全身溼淋淋的，身旁有個乾乾淨淨的玻璃杯。

「媽媽！」玲玲激動的緊緊抱住母親。被吵醒的人揉揉眼睛，「啊，這覺睡得真舒服。咦，我怎麼全身都是汗？」她低頭看向懷中的女兒，她也正看著自己，目光灼灼，彷彿已經很久不見。

「怎麼這樣看著我？」她故意逗女兒，「是不是因為媽媽泡了溫泉，變美了？」

「一點也沒有，」玲玲伸手摟住母親的脖子，「你一點也沒變，真好！」

本文榮獲二〇二二年第十屆蘭陽文學獎童話類第一名

編委的話

・游愷濬：

這個故事有點日本風味，有著狐狸似的狹長眼睛的服務員，是不是狐狸變身成狐仙要來考驗泡溫泉的人們呢？變成溫泉之後的媽媽依然慈愛，說服玲玲暫時忘卻憂慮享受媽媽牌按摩溫泉，就像她出生前泡在羊「水」裡一樣，讓泡在媽媽變成的溫泉「水」裡的玲玲，有種被保護著的安心感。

・林昀臻：

媽媽變成水之後讓玲玲發現媽媽的重要，雖然過程相當冒險，但我很喜歡這種溫暖的結局！泡溫泉的時候媽媽跟玲玲真情流露，彷彿又回到小時候最喜歡依賴在媽媽身上的時候。她心中浮現各種感謝、對不起以及懷念以前喜歡躺在媽媽懷裡等心境變化，足見她實際上是喜歡媽媽的！這是一篇很溫情、很感動，有感受到母愛偉大的作品。

・**阮亮介：**

媽媽泡了溫泉期待會變「水（漂亮）」，泡了太久居然真的變成「水」了！看到這裡才領會了童話題目的含意——原來故事主角的媽媽真的變成溫泉了!!天啊……！別出心裁的想法超有創意，巧妙的情節安排和溫馨的結局，也讓人虛驚了一場！

・**張桂娥：**

這是一篇饒富創意的童話，在第一輪票選中，就獲得全體一致推薦為年度代表童話。趣味十足的作品題名，讓讀者伴隨故事主角玲玲展開一場驚奇的溫泉之旅之後，恍然大悟而讚嘆不已。作者賦予這對母女獨特的人物造型以及超乎想像的故事結局，讓讀者驚豔萬分，留下深刻的印象。

時間錯亂鐘

黃淑萍

插畫／李月玲

作者簡介 ……………………………………………………………

現居台北的高雄人。
作品曾獲國語日報牧笛獎、新竹縣吳濁流文學獎、台中文學獎、台南文學獎、浯島文學獎、南瀛文學獎。

童 話 觀 ……………………………………………………………

童話就是一劑既有趣又不可思議的療癒良方。
在療癒自己之後，希望也可以療癒別人。

老鐘其實不是一直被叫老鐘，他也曾經叫小鐘。改變是從什麼時候開始的呢？他也記不得了。他不過就是每天用一長一短的兩隻腳走了幾圈，多看了幾次日出和日落，他就從小鐘變成老鐘了。

會叫他老鐘的，其實也只有一個人。

「老鐘啊！我們是不是都老了啊！再過不久，我就要退休了，這個車站可能也要關閉了。」旭日車站的老站長抬頭看著老鐘時，就會跟他聊兩句。

一側是不著邊際的藍色大海，另一側則是深淺不一的青蔥山脈，旭日站就在山海交界之處。這裡曾經承載著木材運送的重責大任，但是隨著伐木業的沒落及人口的流失，現在一週只剩一班火車進站了。因為業務量大減，所以從打掃到售票，老站長扛起車站內大大小小所有的事。

老鐘就是掛在月台上，看著旭日站的人潮由盛轉衰的時鐘。

「唉啊！我最近老是覺得自己記不住事情，怎麼連你也記不住時間了。該不會是又沒電了？可是我記得我才換過電池啊！」老站長清掃完月台後爬上階梯，替老鐘把時間往前撥了幾分鐘，好跟上正確的時間。

「該不會是自己的腳步變慢了，怎麼每天都會慢個幾分鐘呢？」老鐘認真留意過，就是不知道自己到底在哪一個環節出了問題。

所幸一週只有一班火車駛入和離開，平時除了老站長，根本沒什麼人會來，所以，老鐘一天走慢個幾分鐘倒是沒有人在意。

只除了那個臉頰上有一顆黑痣的小女孩。

小女孩叫小愛，是老站長的孫女。在附近的小學讀四年級，年紀雖小，講起話來卻像個小大人一樣。每天放學，她就會來坐在月台上，看著火紅的太陽落入海平線，再和老站長一起回家。

那一天是每週唯一有火車進站的日子。老鐘依然照著平常步行的頻率，「滴答滴答」的走著。

突然，小愛指著老鐘說，「喔！捉到了，你倒退了一步！」

老鐘被這麼一說，嚇得掉出了鐘擺。他走向小愛，問道，「什麼倒退了一步？」

小愛轉身，只見一個白髮老爺爺正慌張的看著她。

她以為對方只是個要來搭車的長者，剛好聽到她講話，只好解釋，「現在應該是四點三十一分，卻變成四點二十九分了。」

她讓老鐘看她的手錶，再比對月台上的時鐘的時間。

「四點三十分之後，分針應該要往前走到三十一分的，結果卻往後走回二十九分！這樣一增一減之間，就慢了兩分鐘了。」小愛說。

「原來時間就是這樣慢了的啊！」老鐘驚呼。但是，他一直都是往前走的，怎麼突然倒退走了呢？更奇怪的是，接下來又好像沒事了一樣，時間還是不斷往前。到底何時變這樣的，老鐘自己也不明白。

「該不會真的是老了！」老鐘想起老站長說的話。

小愛並不在意老鐘的反應，她從長椅上站起來，遠望著鐵路的盡頭，全心等待即將出現的火車。

即使老鐘的時間錯了，列車還是準時在表定的四點三十七分進站。但是，今天果然和大部分的時候一樣，完全沒有人上車和下車。火車又在四點四十分離開了。

「果然還是沒來！」小愛說。

小愛的聲音很小，但是老鐘還是聽到了。「你在等人嗎？」老鐘問。

老鐘的聲音讓小愛嚇了一跳，她看著老鐘，驚訝的問，「老爺爺你怎麼沒搭車？還是你和我一樣也是來等人的？」

「你在等誰呢？」老鐘不答反問。

小愛的臉一下子漲得通紅，讓她臉頰上的黑痣更明顯了。她氣急敗壞的說，

「我才沒等人呢！一個不愛自己的女兒的人才不值得我等！」

車站曾經走過很多人，老鐘不見得記得每一個人，但是，他記得小愛的媽媽，他很訝異小愛會這麼說她，他說，「媽媽都是愛自己的女兒的喔！」

「我以後也會是很愛自己女兒的媽媽，才不會像我媽媽一樣，只會把我丟在這裡。」小愛卻這麼說。

「大人的世界沒有你想的那麼簡單。你會留在這裡，可能有很多原因。」

「哼！就是不愛我啊！」小愛說，「可惜我不能立刻長大，要不然我可以證明給你看，什麼才叫做愛自己的女兒的媽媽！」

「立刻長大啊！這倒也不是不行！」老鐘摸著他的白鬍鬚，若有所思的說。

「這是什麼意思呢？」

「去未來看看不就得了！」老鐘笑了，他說，「讓你去未來看看自己長大的樣子，或許你就能理解大人的難處了。」

「什麼？」

與其多做解釋，不如直接做來得有用。「我們就去未來看看吧！」老鐘閉上眼睛，嘴裡喃喃的說，「時間走啊走，一刻不停留！」

***

去未來看看！這對老鐘來說可不是什麼難事。

畢竟「管理時間」和「走向未來」，本來就是時鐘一直在做的事！只是非到必要，老鐘是不會這麼做的。

時針和分針以難以想像的速度，飛快的轉動著，一時之間，風起雲湧，海平線上火紅的太陽起起落落，連空氣都像在快速的流動。

小愛覺得自己好像被吸進一個異樣的空間，但是，她還來不及害怕，就覺得自己的雙腳已經重新落地。

她身邊的白髮老爺爺已經張開眼，而她依然站在熟悉的月台上，好像一切都只是想像，眼前沒有任何改變。

但是，月台上卻不知道何時多了一名年輕女子。女子臉頰上的黑痣正因為她的笑容而閃閃發光。

再仔細一看，她的笑容全來自於她懷中的小孩。小孩發出銀鈴般的笑聲，惹得她的笑意更濃了。

如果這是白髮老爺爺口中的未來，那麼，眼前的人……

小愛看著年輕女子臉上的黑痣，她幾乎可以確定那一定就是未來的自己。她立刻跟老鐘說，「你看，我說得沒錯吧！我長大之後，果然是一個愛小孩的媽媽。」

老鐘沒辦法反駁，但是卻隱約覺得眼前的景象似乎有點奇怪。他還來不及去分辨其中的不同，鐵道的另一頭已經傳來鳴笛聲，該是有火車快要進站了。

火車要來了，年輕女子的笑容卻消失了，她對小孩說，「媽媽要跟你說再見了！」

月台上出現了另一個小愛覺得熟悉的身影。只見年輕女子將手中的小孩交給他，跟他說，「爸爸！小愛就拜託你了。」

火車入站了，在月台颳起一陣風，吹落了戴在小孩頭上的軟帽。

站在一旁的小愛才終於看清楚，那個小孩的臉頰上也有一顆黑痣，那顆黑痣陷在深深的酒窩裡。和她臉上的一模一樣。

而年輕女子的臉上卻只有黑痣，沒有酒窩，就像她的媽媽一樣。

女子細心的將帽子再戴回小孩的頭上，又說，「小愛要相信媽媽，媽媽一定會努力賺錢！小愛在這裡也一定要健健康康的長大喔！這裡的空氣好，你的氣喘就不會發作了。」

火車離站前的警示聲響了，已經到了女子不得不離開的時候。女子這才提起行李快步上了火車。

火車離開月台時，女子在列車上拚命揮著手，卻早已淚流滿面。

「唉啊！我就想這個場景怎麼這麼面熟！」老鐘終於看出端倪，懊惱的說，「明明是要去未來，怎麼反而回到過去了！該不會真的是老了不中用了。」

小愛卻只是淡淡的說，「我們回去吧！」

「那可不行，我們得去未來瞧瞧。」

「不用了！」眼角有淚的小愛卻說，「就算當初我媽媽捨不得離開我，但是，她現在都不回來看我。我就算去未來證明自己是個愛小孩的媽媽，那又怎麼樣呢！」

遠處的太陽再度起落，眨眼的時間，月台上又只剩小愛和老鐘兩個人。

「剛剛是失誤，我們真的可以到未來，只要再給我一次機會。」老鐘不放棄，他可不想承認自己真的不中用了。

山坡上卻傳來老站長的叫喚聲，「小愛……」

時間不早了，小愛知道是爺爺在叫喚她要回家了。

但是，老站長卻又大聲說著，「你看看是誰回來了……」

小愛頭一仰，就看到老站長的身後出現一個熟悉的身影——女子笑了，臉頰上的黑痣因為她的笑而閃動著。

「媽媽……」小愛不敢相信自己所見到的，但是，三步併兩步跑到眼前的女人卻又如此真實。

「沒有人從剛剛那班火車下來啊！」小愛說。

「我沒有搭火車！我是開車回來的。」小愛的媽媽解釋著，「我存錢買了一輛小車，以後只要有連假，我就可以回來。這裡的火車一個禮拜只有一班，我也不可能一直請假不上班，才會沒辦法常常回來啊！」

「所以，你是因為沒辦法，才沒有回來看我？」小愛的眼淚不停的湧出來，但是嘴角卻笑了。

山坡上又傳來老站長催促著回家的聲音。媽媽這才牽起小愛的手準備離開月台。離去前，小愛對老鐘說，「謝謝你，老爺爺！」

媽媽覺得很奇怪，問她，「什麼老爺爺？」

小愛想解釋，卻發現媽媽根本看不到正向她擠眉弄眼的老鐘，現在的老鐘

就像回到過去的他們一樣，是隱形的。

她指著月台上的時鐘說，「媽媽，你看，這個時鐘慢了兩分鐘。」

「咦！真的慢了！」媽媽說。

「但是，他可不是走慢了，他是倒退走了。原本應該往前走的分針，剛剛突然倒退了一步，所以才會慢了兩分鐘。」

「時間會倒退的鐘啊！」媽媽說。

老鐘急了，抗議著，「欸！我一直都是往前走的啊！」

小愛卻笑了，「對喔！他真的是一個會讓時間倒退的鐘！」

＊＊＊

老站長退休了。旭日站也關閉了。

而老鐘，不管他再怎麼提醒自己，他還是會在每一天下午，第一次要從四點三十分步向三十一分的時候，往後退一步。

以前還有老站長可以替他校正時間，現在只能是一個時間永遠不準的鐘了。這樣還能叫時鐘嗎？

「難不成老了，只能是沒用的東西？」老鐘站在沒有人會回應他的廢棄月台感嘆著。

然後，好像也沒有過很久。有人來了。

後來，再過不久，又有人來了，還帶來一個、二個、三個……

又後來，連老站長都回來了，他爬上階梯，替老鐘重新校正時間。

接著，火車的鳴笛聲出現在鐵道的那一頭，火車又靠站了，從車廂裡走出一波又一波，已經許久不見的人潮。

那些人走去看層疊遠山，眺望著海天一色。但是，不管他們走到哪裡，總會在下午四點三十分前回到月台上。

他們聚精會神的看著時鐘，老鐘常常也會和他們站在一起。然後，在分針往後倒退回二十九分時，他們大聲歡呼又讚嘆。而老鐘則是再一次感到懊惱，「嘿！我明明就是要往前走的，怎麼又往後走了呢！」

老站長退休後拾起攝影的愛好，在網路上分享關於旭日車站的一切，其中一段老鐘從四點三十分倒退回二十九分的影片，引起很大的迴響。在汲汲營營的生活中，人們鬆了一口氣，他們說，「原來，人生倒退兩分鐘並不會世界末日。」

他們從世界各地來看老鐘。老站長則從退休人員，被延攬成顧問，只在每個禮拜天來車站上班。

旭日站一週還是只有一班列車，但是，火車會在早上十點抵達，在下午五點才載著心滿意足的旅客離開。

小愛也常常會跑來，她會開玩笑的對老鐘說，「你真的不是故意倒退走？」

已經努力很多次，卻還是無法避免倒退的老鐘從剛開始的懊惱，到後來也漸漸釋懷了，他摸著白鬍鬚，聳聳肩說，「管他是向前走還是倒退走呢！不管怎麼走，我這個老鐘仍然是一個有用的時鐘啊！」

本文榮獲二〇二二年吳濁流文學獎兒童文學類參獎

編委的話

・游愷濬：

最有趣的就是老鐘直到故事的最後都一直說自己真的不是故意要倒退！閱讀這個故事覺得很像在看電影，非常有畫面感！圓滿的結局，讓人不自覺嘴角上揚。

・林昀臻：

老車站、老站長、老鐘……，除了小愛之外的人事物好像都不年輕了，讓我讀起來感受到一種歷史感。

・阮亮介：

時鐘化身的老爺爺和等著媽媽的小女孩在月台互相安慰，是很美的風景。時間的前進和倒退雖然不能如人意，卻不一定是不好的事。因為「在汲汲營營的生活中人們鬆了一口氣」，領悟了「原來人生倒退兩分鐘並不會世界末日」，是一篇很有哲理的故事。

・張桂娥：

作者將失準的時鐘命名為「時間錯亂鐘」的創意，吸引小讀者的興趣，再加上導入當今網路原生世代對珍稀現象趨之若鶩的時事媒材，讓故事內容融合新舊題材，展開許多超乎預料的軸線，帶領讀者跟隨主角歷經一趟穿越家族歷史物語的時光之旅。

海默奶奶的奶奶

蔡珮瑤

插畫／劉彤渲

作者簡介……………………………………………………………………………

自由工作者，是編輯，也寫作，接案維生。經常帶著筆電在咖啡館出沒，聽各種聊天內容汲取靈感。擅長自言自語，不擅交際，一有空就往山裡去。和小孩與狗，以及植物一起生活。

童 話 觀……………………………………………………………………………

童話就像一顆小種子。埋伏在字裡行間，等待春風吹拂，等待雨水澆灌。在有陽光的日子，偶然飛到讀者的心裡。可能靜靜待著，可能蠢蠢欲動。或許發芽，或許開花，或許長成大樹。長成原本無法想像的樣子。

終於找到奶奶了，她坐在路邊，吃著冰淇淋。冰淇淋在大太陽下融化，沿著奶奶的手掌往下滴落，弄髒了衣服和褲子。

媽媽拿出衛生紙，邊擦邊對奶奶說：「媽，你怎麼跑這麼遠，我們找你找好久！要不是警察通知……」媽媽說到一半，聲音就哽咽了。

「我要找阿聰！」奶奶舔了一口冰淇淋，沾得滿臉都是，「我要去阿聰家！」阿聰是我的叔叔，奶奶最疼的小兒子，他出國工作，很久沒回來了。奶奶最近總是忘記阿聰叔叔在國外，時不時就要出門去找叔叔。

電鍋裡的拖鞋

奶奶最近真的怪怪的。暑假時，爸媽白天上班，家裡只剩下我跟奶奶，奶奶卻說，有人坐在沙發上盯著她、有人在廚房開冰箱、有人拿棍子想打她。家裡明明沒別人，奶奶到底看到什麼？奶奶的樣子，讓我有點害怕。

我想念以前的奶奶。從小，奶奶最疼我，她會抱著我唱歌、說故事，還會趁媽媽不在時，偷塞給我一把巧克力球，小聲的在我耳邊說：「噓，不要讓媽媽發現。」現在的她，常常呆坐在沙發上，一整天都不說話，拿起報紙看了很久，但報紙卻是拿反的。

有一天，媽媽打開冰箱的冷凍庫，發現奶奶的眼鏡，又在電鍋裡看見一雙拖鞋。媽媽詢問奶奶，奶奶很不高興，說媽媽誣賴她，兩人常常為這種事吵起來。

爸爸帶奶奶去看醫生，這才知道奶奶得了「阿茲海默症」。醫生說，這是大腦的疾病，病人會忘東忘西、記不住事情，思考和行為也會出問題，甚至做出危險的事，家人要特別當心。

我是海默奶奶呀！

奶奶說話愈來愈顛三倒四，也一直重複做同樣的事，像是把衣服晾在晒衣竿上，不久又拿下來，然後再掛上去……有時她會忘記自己在煮湯，火沒關就跑去睡午覺，直到鍋子燒焦冒煙。

「今天媽媽差點把房子燒了。我提醒她，她還大聲罵我，說我想陷害她，罵到鄰居都來敲門……」媽媽無奈又委屈的向爸爸訴苦。她很擔心奶奶，常常請假回家照顧，卻被奶奶說成壞人，整天監視她、想找機會謀害她。

不過，奶奶也不總是這樣，大部分時候奶奶「很正常」。她會帶我去巷口吃我愛的肉圓，帶我去市場買漂亮手帕，或是坐在客廳勾毛線，奶奶勾的桌巾花樣是全世界最美的。

我會陪奶奶去家附近的河堤散步，看看花、看看蝴蝶和河裡的魚。只要遇到小朋友，奶奶就會笑笑問他們：「你幾歲啊？今天星期幾呀？」但是她問過立刻忘記，又再問第二次、第三次。

我只好跟小朋友說：「我奶奶有阿茲海默症，所以會忘記她問過了，對不起喔。」

那些小朋友很可愛，後來看到奶奶，就主動跑來繞著她叫，「海默奶奶！海默奶奶來了！」

奶奶還是問：「你幾歲啊？今天星期幾呀？」他們會大聲回答：「海默奶奶，我五歲！」「海默奶奶，今天星期三！」不管奶奶問了幾次，他們都認真回答，大概因為奶奶總是笑笑的吧。

後來，奶奶連自己的名字都忘記了，人家問她叫什麼名字，她就笑笑的說：「我是海默奶奶呀！」

媽媽崩潰了

奶奶記憶力愈來愈差，常常把媽媽誤認成小偷，有一次還拿掃把追打媽媽。媽媽逃出屋外，被鄰居說媳婦不孝順，婆媳不合。有時奶奶會半夜起床，開門到戶外散步，大門就這樣開著。媽媽發現之後，好幾個晚上都沒辦法安心睡覺，擔心奶奶跑出去，也擔心大門敞開會有壞人進來。

「今天又有一筆訂單寫錯了，老闆很生氣。」媽媽正在跟爸爸訴說最近的困擾，她常常沒睡飽，公司指派的任務有時因為請假拖延了，有時是她精神不濟，出了紕漏。在家裡也不好過，奶奶隨時可能出狀況，讓媽媽的壓力一天比一天大。

「啪！」廚房傳來碗盤摔破的聲音，媽媽衝去收拾善後。「砰！」大門重重關上，媽媽又趕緊追出去，拉住正要闖馬路的奶奶。「走開，你是壞人！壞人！」兩人在門口拉扯時，奶奶不但大聲尖叫、推倒鞋櫃，還尿溼了褲子……

媽媽崩潰了。「為什麼都是我在做？我真的顧不來！」她對著爸爸吼叫，流著眼淚奪門而出。

奶奶不認得我？

爸爸擔心媽媽再這樣下去，身心會出問題，於是決定送奶奶去「照顧中心」。雖然親戚很反對，罵爸爸不孝，罵媽媽是想趕走婆婆的壞媳婦。但是我知道，爸媽擔心奶奶，卻沒辦法時時刻刻待在身邊照顧她，內心很煎熬。

「奶奶，住這裡好不好？」我問奶奶。我們帶著奶奶參觀了很多間照顧中心，最後選定了最明亮乾淨，照顧人員都很親切的那間。

「好啊！海默奶奶要住這裡。」照顧中心有很多爺爺奶奶，他們正在學插花。奶奶最喜歡花，她想也沒想便答應了。不能天天見到奶奶，我心裡很捨不得。但是想想，照顧中心有專業的照顧人員，也有護理師和社工，二十四小時都有人顧著，還會不定期舉辦各種活動，讓老人家參加。

這或許是目前最適合的方法吧。

星期天，我們到照顧中心看奶奶。奶奶很高興，抱著我又親又捏，把我的臉頰像揉麵團一樣揉來揉去：「阿聰，你回來啦！電鍋裡有你愛吃的包子，去拿來吃！」

「奶奶，我是曉菲啊！你最愛的孫子，曉菲啊！」我快哭了，我要奶奶認真看著我。沒想到奶奶居然笑了：「想飛啊！我也想飛，帶我去飛～」嗚，奶奶不認得我，她忘記我了。

爸爸拍了拍我的肩膀，一句話也沒說。

天色暗下來，遠方濃密的烏雲愈逼愈近，要下雨了嗎？

不只我想哭，媽媽的神情也很落寞，勉強擠出的笑容，連我看了都難過。

還好，爸爸打起精神，跟奶奶說東說西，想辦法逗奶奶開心。當然啦，效果很有限，奶奶多半答非所問。

我們要回家時，奶奶朝我走過來，偷塞了一把巧克力球給我，笑著說：「噓，不要讓媽媽發現。」那一瞬間，我心中的烏雲終於散去——奶奶沒有忘記我。

黃的、白的巧克力球

之後的假日，我們去看奶奶，奶奶沒有一次認出我來。有時候，我是奶奶的妹妹；有時候是奶奶的兒子；有時是奶奶的鄰居。今天，我是奶奶的奶奶。

「你是奶奶，海默奶奶的奶奶！我好想你喔！」我一進門，奶奶抱住我，像個孩子一樣抱著我撒嬌。

幾次下來，我漸漸習慣奶奶認錯我，乾脆陪著奶奶玩「扮家家酒」遊戲。

「對，我是海默奶奶的奶奶。海默奶奶，你好乖喔。」我摸著奶奶的白髮，輕輕說著。奶奶張嘴笑開了，露出嘴裡的金牙。不久，她竟在我的懷裡睡著了，真像個小孩子呵。

照顧中心的阿姨對我比了個大拇指，把藥遞給我：「你真棒！這是奶奶的藥，等奶奶醒來，記得給她吃。」被阿姨稱讚，我很高興，但不知為什麼，心裡有一股說不出來的苦澀。

「毒藥！毒藥！我不吃！」奶奶醒來看見桌上的藥，大吵大鬧。

突然，我想到一個辦法，於是坐在奶奶身邊說：「我是海默奶奶的奶奶喔！海默奶奶最乖了，這是巧克力球呀。你看，黃色的巧克力球、白色的巧克力球，還有一半紅一半白的，海默奶奶吃了它們，會變得很有力氣喔！」

小時候，奶奶要餵我吃藥，都是這樣連哄帶騙。奶奶把藥放在手掌心，靜靜的、仔細的看著，好像想起了什麼，又好像什麼都想不起來。過了好久好久，她才終於決定把藥吃下去。

把美好帶到現在

奶奶漸漸沒有精神，常常唉聲嘆氣覺得自己很沒用，什麼都做不來。我心想，既然我是「海默奶奶的奶奶」，何不把奶奶當成小孫子來照顧。小時候，奶奶怎麼照顧我，現在我就怎麼照顧她。

我去路邊拔來很多野草，教奶奶用草編蚱蜢，小時候奶奶教的我都還記得。「嘻嘻，我好棒喔！」當奶奶成功編出一隻蚱蜢時，神采飛揚，充滿活力。

我還從家裡帶來「神祕寶盒」，那是小時候我和奶奶去散步時蒐集的，裡面有楓香果實、彩色玻璃珠、少了輪子的小汽車、奶奶編織的毛線小花朵……。

奶奶的記憶很神奇，很久以前的事她都記得，像是每一樣「寶物」什麼時候蒐集的、在哪裡找到。這些寶物的故事，她記得比我清楚。我們一起把玩、一起回想，把過去的美好時光帶到現在。

「我想回家！」

有一次，我們去看奶奶時，大家正在玩團康活動。我看見奶奶一個人呆坐在一旁，無精打采。她無意間抬頭瞄到我們，突然打起精神，露出笑容，跟著大家玩遊戲、拍手和唱歌。

活動結束後，我問奶奶：「遊戲很好玩吧？我看奶奶玩得很開心。」奶奶收起笑容，左右張望，確定旁邊沒別人，偷偷跟我說：「好無聊，我討厭玩這些遊戲，真幼稚。其實那是做給你爸爸媽媽看的，我開心一點，讓他們不要太擔心。」

我看著奶奶，這是我平常認識的，最體貼別人的奶奶啊。我很心疼，想把奶奶帶回家，但我不知該怎麼做才好。

夏天，樹上的蟬大聲叫著，那麼賣力、拚命；院子裡的蝴蝶一會兒飛、一會兒停。奶奶聽著、看著，漸漸又失神了。

爸爸走過來，奶奶忽然哭著對爸爸說：「我想回家！海默奶奶不要住這裡，海默奶奶要跟曉菲去上學，放學再一起回家。」爸爸輕聲安撫奶奶，決定每個月有一到兩天，讓奶奶白天在這裡受照顧，晚上回家住。太好了，我又可以跟奶奶一起抱著睡覺了。

下次再來看我喔！

奶奶的大腦裡，有一塊「阿茲海默橡皮擦」，會把她腦子裡的記憶擦掉，有時候擦掉太多，變得一片空白。她會忘記剛剛才發生的事情。像是我才離開一下下去上廁所，奶奶就會問我，怎麼好久好久都沒去看她，她盼了一個月，等得好辛苦。但奶奶記得很久很久以前的事。我最愛聽奶奶講她小時候的事了，奶奶的奶奶會帶她去田裡撈蝌蚪、去山裡採野莓子吃，還會做好好吃的食物，和我小時候跟奶奶一起做的事一樣。

說起這些回憶，奶奶臉上漾起幸福的笑容：「海默奶奶最喜歡奶奶了！」我靠著奶奶撒嬌：「我也最喜歡奶奶了！」奶奶摸摸我的頭、捏捏我的臉頰，像往常一樣。

「海默奶奶的奶奶，下次還要再來看我喔！」每當我們要離開返家時，奶奶總會偷塞一把巧克力球到我的口袋，笑著說：「噓，不要讓媽媽發現。」

每一次，我都會緊緊抱住奶奶。我知道，就算她認不出我是誰，她還是一樣的愛我；就算記不住很多事，她只要記得笑就好。就算她忘了自己是誰，她還是那個我世界無敵喜歡的奶奶！

——原載二〇二二年九月《未來少年》第一四一期

編委的話

・游愷濬：

奶奶得了阿茲海默症，很多人跟事都忘記了。每一次塞到小女孩手中的巧克力，那種又苦又甜的滋味，就是很貼近大家真實生活的味道。

・林昀臻：

奶奶得了阿茲海默症之後家人原先抱持較悲觀的想法，後面主角才學會樂觀看待這件事。幸好後來主角意識到了：就算奶奶忘記了自己是誰，忘記了家人的名字，甚至忘記了一切，海默奶奶還是主角最愛的那個奶奶。

・阮亮介：

這篇故事把阿茲海默的症狀很寫實的寫出來，讓小讀者更了解也能夠接受這樣的老人家。故事裡也寫出了疲於照顧的家人心聲，大家都愛海默奶奶卻沒辦法一起住，有笑有淚，最後結尾的表白也很令人感動。

・張桂娥：

作者透過孩童的旁觀視野，如實描述奶奶生病後行為舉止與思緒心境的變化；也不隱諱的呈現照護者在照護失能長者時自然流露出的脆弱情緒。所幸故事主軸並非強調海默奶奶的辛酸無奈與家族的無助自責，而是刻畫小孫女勇敢面對事實，發揮創意成功轉念，逆轉祖孫關係建構全新的相處模式，讓海默奶奶人生旅程的最後一里充滿陽光歡樂的氛圍，讓讀者感受親情的正面能量啊！

童話湯旅・第二站

轉念暖心湯

名字的故事

王千緣

插畫／李月玲

作者簡介

○○後新銳兒童文學作家，濟寧市作家協會會員，作品見於台灣地區《國語日報》及大陸地區《世界兒童》、《中國校園文學》、《小溪流》等多家報刊雜誌。

童 話 觀

希望我創作的故事能帶給孩子們溫馨、快樂與感動，當他們在學習或生活中遇到煩惱時，可以來故事中躲一躲，等心靈恢復好後，再次揚帆遠航。

一

今天是我轉到慧飛小學四年二班的第一天，我在黑板上寫下自己的名字，同學們齊聲念道：

「陳——超——」

寫到這裡我頓了一下，猶豫半天，才磨磨蹭蹭寫下最後一個「美」字。

「陳——超——美——哈哈哈……」

不出所料，全班同學大聲笑起來，那笑聲差點沒把屋頂給掀起來，夏子宇還一邊笑，一邊用筆桿使勁的敲打著課桌，像是在給同學們的笑聲做伴奏：「咚——噠噠，咚——噠噠——咚。」

如果你聽說有一個人的名字叫陳超美，你會笑嗎？

如果你聽說有一個男生的名字叫陳超美，你還會忍住不笑嗎？

我是一個男生，我的名字叫陳超美！明明陳超是一個很英氣名字，但老爸老媽在起名時非得加個「美」字，把好好的一個男孩名變成了女孩名，真不明白他們是怎麼想的！

同學們還在上氣不接下氣的笑著，連班主任大左老師也想笑，他拚命忍著，故作一本正經的說：「陳超美同學，你先暫時坐到陳建君旁邊吧。」

陳建軍（我第一次聽到這個名字的時候，以為是「軍人」的「軍」）？應該是男孩子吧。

我這樣想著，走到座位後竟發現陳建君原

來是一位不折不扣的女孩子，她微卷的披肩長髮上面戴著一個小公主的髮夾，穿一條點綴著蕾絲的雪白連衣裙，還有層層疊疊的紗。

「陳超美，你的名字真好聽。」她亮晶晶的黑眸子裡充滿了羨慕。「你會不會喜歡粉紅色，喜歡泰迪熊，喜歡玩芭比娃娃？」

一點也不好聽！我在心裡說著，同時把新同桌陳建君列入黑名單行列，她怎麼能單憑名字就說我喜歡玩女孩子的遊戲呢？

我討厭粉紅色，討厭泰迪熊，討厭芭比娃娃，討厭和女生相關的一切東西，包括我的名字——陳超美。

二

我回到家，第一件事就是一如既往的跑進廚房，對正在做飯的媽媽堅定的說：「我要改名字！」

「改名字？陳超美這個名字多好聽啊，改了做什麼？」

「陳超美是女孩的名，我是男生，我不要女孩的名！」

「什麼男孩名女孩名的？你看看隔壁的仔仔，人家才上二年級就已經在報社上發表文章了，你也抓緊回屋學習去，別在這裡礙事。」媽媽不耐煩的揮舞著鍋鏟，把我趕出了廚房。

媽媽就是這樣，不管說什麼她都能扯到學習上面，沒勁！

我又對老爸說：「我要改名字！」語氣比剛才堅定了十倍。

老爸沒說同意還是不同意，而是反問我：「兒子，你想改成什麼名字啊？」

我仔細的想了想，說：「陳嘉譽。」

老爸搖搖頭道：「不好，換一個。」

「陳澤濤？」

「太老氣。」老爸繼續搖頭。

「陳小明？陳小強？」

「太俗了，滿大街都是叫小明小強的，重名的太多了。」

「重名有什麼？」我小聲嘟囔著，「小明小強再俗也是男孩的名。」

「兒子，爸爸媽媽給你起名陳超美是有深意的，」老爸又開始洗腦我，「超是希望你能超越自我，美是希望你能一直過上幸福美好的生活，超美則是希望你能顏值出眾，成為新一代的美男子。」

老爸就是這樣，每次給他提要求都有一大堆拒絕的理由，沒勁！

看來名字這次又改不成了，我垂頭喪氣的推開臥室門，壁紙上、窗簾上、床單上都撒滿粉色的小碎花，甚至還有蕾絲和蝴蝶結，看著就讓人心煩！

老爸對此是怎麼解釋的——「我當初一直以為自己能有個女兒，才把兒童臥室裝扮成了粉嫩嫩的公主房，誰知你生下來是個男孩……罷了罷了，這麼漂亮的房間總不能浪費，就將就著給你住吧，等你長大點爸爸媽媽會把房間給重新裝修一遍的。」

然而十年過去了，老爸也沒履行諾言把我的房間重新裝修一遍，每次和他們提起這件事時，爸爸不是裝作極為認真的看新聞，就是一臉驚愕的問：「什麼時候的事，我怎麼不知道？」

媽媽心情不好時乾脆不理我，心情好時則會耐心的向我解釋：「超美，新裝修的房間是不能住人的，對身體不好。那時候晚上睡哪裡，你想過沒有？你都這麼大了，總不能和爸爸媽媽擠一張床上吧？學校宿舍條件又不好，你肯定不會願意住的；爺爺奶奶家倒有你的一間小臥室，但離市區和學校都太遠了，不方便。再說了，也沒人規定不允許男孩住粉色臥室啊。」

大人們總是這樣，不僅不重視對孩子許下的諾言，還會找一大堆的理由搪塞過去，真沒勁！

三

學校舉辦校慶會時，我因為在省少兒頻道裡面表演過獨唱，理所應當的被大左老師拎上台「為班級增光」。

主持人是位外聘的播音主持系大學生，她在毫不知情——或者說故意的情況下，拿著麥克風笑咪咪的對著全校師生說：「下面出場的是一位多才多藝的小公主，讓我們掌聲有請四年二班的陳超美小朋友為大家帶來歌曲《晚霞中的紅蜻蜓》。」

我磨磨蹭蹭的走上舞台，跟預想的一樣，主持人的臉色十分尷尬，台下果然爆發出一陣哄笑聲，教導主任吼了好幾嗓子才讓他們安靜下來，但依舊能清晰的聽到「嗤嗤」的偷笑聲。

我被他們笑得心裡直發毛，好幾次都想臨陣脫逃，但一想到我是答應大左老師上台「為班級增光」的，男子漢要說話算數，我只好硬著頭皮堅持唱下去。

唱完後，主持人上來按慣例說：「謝謝陳超美小朋友為我們帶來的精采表演……」果不其然，剛才還在安靜看表演的觀眾席又爆發出一陣哄笑聲，我沒等主持人說完，就偷偷的溜回了後台。

片場休息時，我恨恨的瞪了一眼正在補妝的主持人，真是託她的福，現在全校都知道四年二班有位名字叫陳超美，性別男的「小公主」了！

主持人似乎感受到我在瞪她，轉過頭不好意思的看著我，末了才說：「你是超美小朋友？對……對了，你唱歌非常棒，好好發展，或許以後能出專輯。……陳超美這個名字……其實很好聽。」

是啊，陳超美這個名字若是用在女孩身上，保不齊能稱為好聽，但用在男孩身上，只能稱為好笑。我又憤憤的瞪了主持人的背影一眼，她怎麼能單憑名字就草率的斷定我是位小公主呢？

四

「我要改名字！」

我說話的立場比平時堅定一百倍，沒想到爸爸媽媽卻像沒聽見似的，依舊在忙自己的事情。

「我要改名字！！」

爸爸看了我一眼，但很快又將視線轉移到手機螢幕上。

「我要改名字！！！」

爸爸的嘴唇動了動，似乎是想對我說些什麼，最終卻轉向媽媽，跟她聊起了剛在手機上看的笑話。

「我要……」

這次我還沒有說完，就被媽媽打斷了，她沒好氣的催促道：「這都幾點了，還不抓緊寫作業去？別整天磨磨蹭蹭了，弄得媽媽給你掏來的課外習題都沒時間做。現在不好好學習，將來怎麼考好的中學？考不上好的中學，怎麼考好的大學？考不上好的大學……」

「怎麼找好的工作？」這句話媽媽能一天說上個三百六十五個來回，我早就聽得倒背如流了，比任何一篇古詩詞或者英語短文背得都要熟練。

我把作業本放在學習桌上，看著封面上被同位寫得工工整整的名字，頓時只覺得鼻子酸酸的，眼眶裡的淚水止不住往外冒。我討厭自己的名字，因此故意沒有在新發的作業本封面上寫名，但沒想到同學還是認出了我的字跡，呵，真是位多管閒事的女孩。

話說回來，她會不會是喜歡我的名字啊？畢竟「陳建君」更適用於男孩，擁有一個男孩名的心情應該和我擁有一個女孩名的心情是一樣的吧？既然如此，那我何不找她換一下名字呢？

第二天我早早的來到學校，站在教室門口迫不及待的等著同位出現，待她走近後急匆匆的叫住她：「建君同學，你覺得我的名字好聽嗎？」

「好聽啊。」她點點頭。

「那我們換個名字吧。」

「什麼？」她一臉驚愕的望著我，許是我那句突如其來的話讓她嚇了一跳。

「我們互相換個名字，」我耐心的解釋道，「也就是說以後你叫陳超美，而我呢，叫陳建君。」

本以為她會十分爽快的答應，沒想到只是輕描淡寫的掃我一眼，然後乾脆俐落的吐出兩個字：「不換。」

「為什麼？」這下該輪到我驚愕了，「你難道喜歡自己的名字嗎？」

「建君，建君，建是有大的建樹，君是正人君子，合起來的意思就是希望我成為一名有大的建樹的正人君子。這個名字蘊含著家人對我的深切期盼和濃厚的愛，我怎麼會不喜歡，又有什麼理由把它換掉呢？」她側著臉，笑容在清晨陽光的塗抹下顯得格外溫柔。「再者，誰說女孩不能做君子，誰又說男孩不能追求美呢？超美同學，你的名字也一定有美好的祝願吧。」

我不置可否的點點頭，緩緩開口道：「爸爸說，超是希望我能超越自我，美是希望我能一直過上幸福美好的生活，超美則是希望我能顏值出眾，成為新一代的美男子。」

說時，感到一股暖流從心底流向血液，這個蘊含著家人對我的深切期盼和美好祝願的名字，又有什麼理由把它換掉呢？

我所擁有，便是最好。

——原載二〇二二年五月二十四——二十六日《國語日報・故事版》

編委的話

．游愷濬：

我父母幫我取名時，期待我能成為一個和樂和善的好人，並且能夠穩重有智慧。雖然它常常被念錯，讓我有些不開心，但是讀完這篇故事，我轉變了想法：別人有刻板印象誤認（誤讀）名字和性別，就多一點耐心說明解釋，沒什麼好計較的！

．林昀臻：

不論什麼名字都有各自的寓意，取名字的爸媽把愛和期許放在裡面；使用它的子女珍惜和尊重，這才是一種親情的最好表現。故事主角超美應該有所領悟：很多事物的價值是由自己定義，而不是外界的眼光想法。

．阮亮介：

故事裡有很多篇幅仔細描寫了超美鬱卒的心情，生動的敘述讓人不禁產生了同理心。雖說名字只是表面，裡面藏著爸媽對小孩的祝願與期許，可是我真覺得超美很可憐。也覺得超美的要求其實不過分，真心希望他父母再多體會一下國小四年級男生的感受。

• **張桂娥：**

作者安排因名字而深感困擾的主角透過與同儕的對話，獲得轉念思維的契機，讓「改名」事件迎接「超美」的結局。但並非所有讀者都能接受這樣的結尾，熱切企盼擁有決定權的父母在取名時，轉念三思：將自己的願望期許寄託在孩子人生之必要與利弊啊！

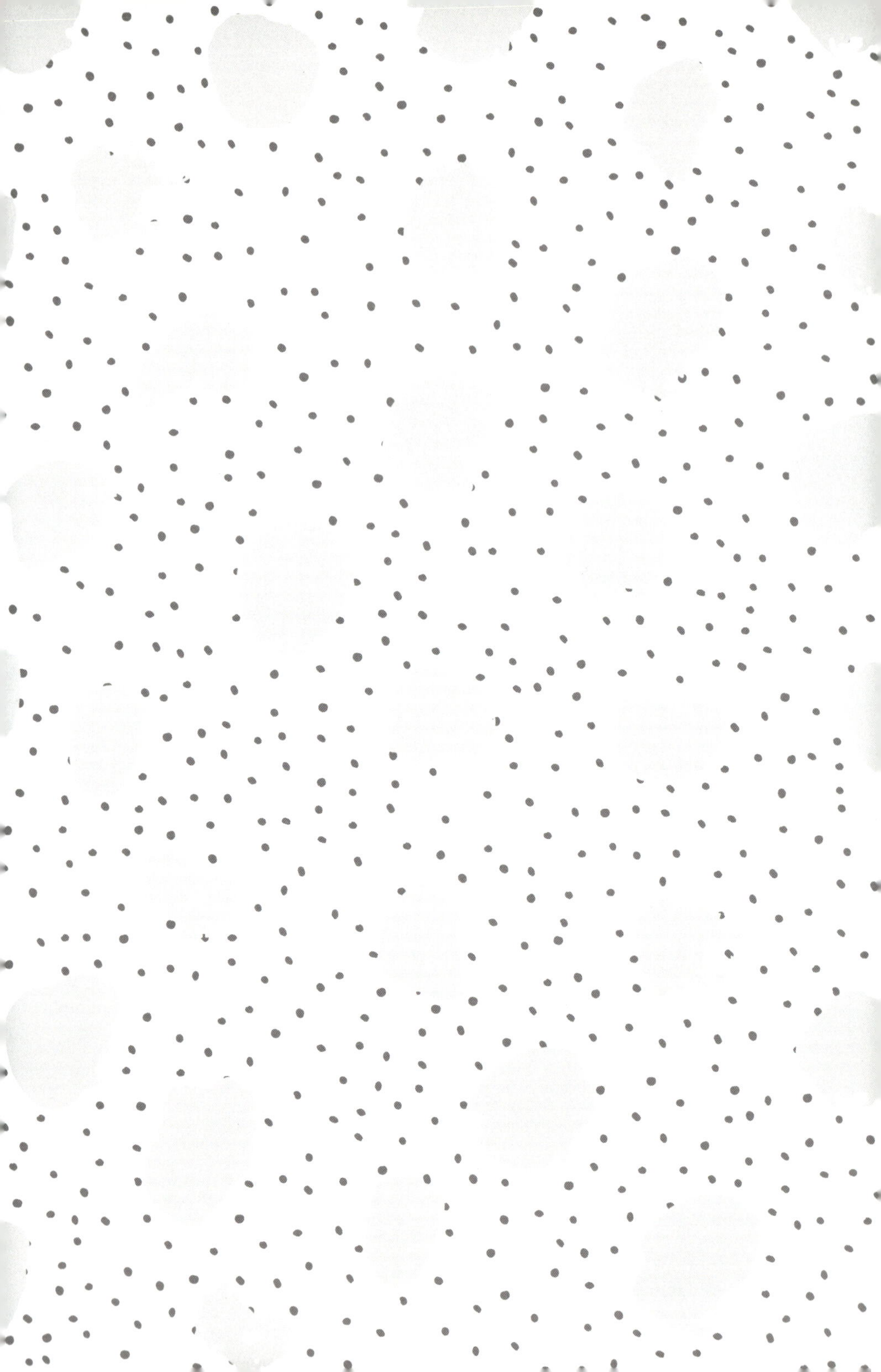

哭哭菩薩

林世仁

插畫／蘇力卡

作者簡介

文化大學藝術研究所碩士，作品有童話《不可思議先生故事集》；圖像詩《文字森林海》；童詩《古靈精怪動物園》、《誰在床下養了一朵雲？》；編撰《我的故宮欣賞書》等六十餘冊。曾獲金鼎獎、國語日報牧笛獎童話首獎、聯合報／中國時報／好書大家讀年度最佳童書；第四屆華文朗讀節焦點作家。

童話觀

童話，是用「童心的話語」所述說出來的幻想故事。
童心，是用新鮮的眼光來看這個老舊的世界。

哭哭菩薩得道時，法相莊嚴又高大，彩霞想當祂的衣裳都覺得臉紅，白雲想當祂的帽子都還顯得太低！

哭哭菩薩很慈悲，只用楓葉織成法衣，披在身上。祂不往都市裡去，只在山上的小鎮裡，找塊空地，縮小金身，坐了下來。

空地金光四射，召來了小鎮裡所有的人家。他們驚訝得跪下磕頭，開心得跳起來拍手。很快的，小鎮裡就多了一座菩薩廟。

鎮裡人好高興，遇上問題都知道要往哪裡去。菩薩的面容好慈悲，人們向祂訴苦，都覺得菩薩不但聽進心裡，眼眶還隱隱帶著淚珠。

「啊，菩薩懂我！菩薩在為我哭泣呢！」跪拜的人擦擦眼淚，覺得心裡的苦有菩薩分擔，一下子減輕不少，不再那麼壓得心頭疼。

只是，當他們走出廟門，總是發現陽光下飄飛著許多雨滴。沾一點嚐嚐，嗯，還鹹鹹的。

「這是菩薩的眼淚雨啊！」人們不知道是不是該高興？菩薩有靈很好，可是，沒帶雨傘也好麻煩啊。

來廟裡的人多了，家家戶戶的窗戶時不時就飄上雨滴，變成哭哭窗。慢慢的，人們都知道：只要下起眼淚雨，一定又是哪個傷心人惹得菩薩眼淚汪汪了。

這一天，佳蓮來廟裡上香。「菩薩，好奇怪，我最近遇爾會感到一陣莫名的心慌。明明就沒什麼事，工作很好，媽媽在養老院裡也不用操心，為什麼我還會莫名的感到恐慌？」

哭哭菩薩看進佳蓮的心裡，看見一個五歲小女孩孤孤單單被媽媽留在家裡，哭得好大聲。

唉，可憐的孩子！一個人被丟在家裡，一定很害怕吧？真令人不捨、令人疼惜啊！哭哭菩薩的眼淚撲簌簌掉下來。

「哭哭菩薩，您怎麼哭了？」本來沒流淚的佳蓮嚇得滾下淚珠，「菩薩啊！我是不是有什麼大災劫？是不是工作上要出什麼差錯？還是過了三十歲還沒找到老公，以後會單身一輩子？單身其實也很不錯啊——還是，我晚年也會去住養老院？」

這天晚上，菩薩想起佳蓮的問題越問越遠，她心中的小女孩卻還躲在角落裡哭泣，忍不住又流了一晚的眼淚。

第二天上午，天水伯一進廟裡就噗通跪下。「菩薩！我好苦命啊！結婚七年，好不容易盼來兒子天賜，卻天生腦麻、智障。別人養兒防老，我卻一輩子要照顧兒子。菩薩，我一輩子克勤克儉，連一粒米飯都不浪費，為什麼老天爺要這樣對我？」

隔天，天水姨也帶著三歲的天賜來廟裡，一開口就眼淚汪汪止不住。「菩薩！別的媽媽都可以和兒女玩，我卻天天要幫天賜擦口水。這孩子不是老天爺賜給我們的嗎？為什麼要讓他受這種苦？我好心疼啊！」

天賜歪著頭看著哭哭菩薩，憨憨的笑。

哭哭菩薩的眼淚又流下來了。祂看到遙遠的未來，天水姨熬不過苦，離家沒再回來。祂看到長大的天賜被人欺侮……祂看到天水伯車禍摔傷了腰……

夜裡，哭哭菩薩哭得太傷心，整個金身落成了一大灘淚水。閃著金光的淚水從小鎮頭流到小鎮尾，積聚在水田裡。祂緊緊抱著大地媽媽，仍然止不住的晃起陣陣漣漪。

朝陽升起，哭哭菩薩這才回過神，積聚神力，恢復法相，趕緊坐回廟裡。

「咦，菩薩怎麼矮了一寸？」進來廟裡的人覺得好奇怪。

「是矮了兩寸吧？」隔天再來拜拜的人說。

就這樣，人們白天來訴苦，晚上哭哭菩薩一想起就化成一灘淚水。隔天，祂又在陽光的溫暖中坐回廟裡。

「菩薩，我發心種有機蔬菜，為什麼蟲子還那麼多？我要等到哪一天才能有好收成？」

「菩薩，為什麼我先生猜疑心那麼重？去哪都要管？動不動就對我生氣？」

「菩薩，為什麼我會得癌症？老天為什麼這麼不公平？」

……

一天又一天，人們的苦水變成菩薩的淚水。哭哭菩薩越哭越小。

「這樣下去不是辦法。」哭哭菩薩覺得不對勁，卻想不出解決的辦法。祂總不能哭成一寸菩薩吧？

陽光暖暖的撫照過大地，這麼美麗的世界怎麼能沒有救贖的力量呢？才這麼一想，祂的左眼又不知不覺流下一滴眼淚。

那滴眼淚如此晶亮，一落地——

「啪！」一聲，變成一尊嘮叨菩薩。

嘮叨菩薩在哭哭菩薩左手邊一坐下，就開始嘮叨：「你整天默不吭聲，動不動就哭，這樣怎麼行？以後所有事都交給我吧！有我，一切搞定。」

嘮叨菩薩果然俐落！不管誰來，祂睜開法眼一看，立刻看出事情的前因後果。

佳蓮才走進廟，祂就說：「你小時候的陰影還沒解開，怎麼找得到如意郎君？你現在的工作還不錯，但不解決根本問題，要不了多久也會丟了差事。我說你啊，別想著老了也要去住養老院，應該快快……」佳蓮嚇得一離開廟就去找心理醫生。

「你啊！你上輩子為了搶生意，傷害了天賜。這輩子你要好好學會愛他、疼惜他、照顧他。天水姨，這事不關你，你可以多多唸經迴向……」嘮叨菩薩還沒嘮叨完，天水伯一家早就嚇得六神無主，慌慌忙忙的離開了。

嘮叨菩薩法眼明澈，見一個唸一個。誰來都躲不開祂的碎碎唸。

慢慢的，鎮上人都不敢走進廟裡。

空空盪盪的空氣真令人不習慣，嘮叨菩薩主動把法眼伸向廟外。

「你，流浪狗，過來。你看看，你就是上輩子自以為是、對善人不敬，這輩子才變成狗。你啊，要好好修持善念……」流浪狗嗚嗚叫，難過得跑開。

一隻烏鴉停在樹上，開心的嘎嘎叫。

「你，你知道自己為什麼是烏鴉嗎？因為你上輩子太聒噪，又沒有羞恥心。下輩子如果不想當烏鴉，你應該……」

烏鴉嚇得差一點掉下來，翅膀一拍，飛得老遠，再也不敢靠近。

螞蟻叼著一粒小方糖，路過也被唸。「你啊！就是上輩子做了太多笨事、傻事，這輩子才變成螞蟻忙來忙去。你啊，不知道因果，怎麼能超脫出輪迴？你啊……」螞蟻嚇得鬆開口、掉了糖，趕緊繞道。

廟前空空盪盪。「沒有人來？看來我要到夢裡去普渡眾生……」

還好哭哭菩薩拉住祂，不然祂真要跳進大家的夢裡去嘮叨了。

這一晚，月光柔柔的照著廟前寂寥的空地，好像為失眠的大地鋪上一層薄薄的、安慰的輕紗。哭哭菩薩心中一動，右眼又流下一滴眼淚。

那滴眼淚如此溫熱，一落地——

「啪！」一聲，變成一尊抱抱菩薩。

抱抱菩薩站起身，給了哭哭菩薩一個大大的抱抱：「別哭得太傷心哪！」

祂給嘮叨菩薩一個大大的抱抱：「有些話，不必講得太直白喲。」

祂也給自己一個抱抱，然後在哭哭菩薩的右邊坐了下來。

「廟裡又出現了新菩薩？」「發生了什麼事？」……人們好奇的耳語傳了開來。

佳蓮第一個勇敢的踏進來。「菩薩啊，我換了好幾個心理醫生，都說我沒病。為什麼我還是會莫名的感到心慌呢？」

抱抱菩薩走進佳蓮的心裡，看見一個在哭的五歲小女孩。

「小妹妹，你怎麼啦？」抱抱菩薩問。

「嗚……媽媽今天出門，不讓我跟。我一個人在家好害怕！媽媽會不會不要我了？媽媽會不會不回來？萬一有壞人跑進我們家怎麼辦？我越想越害怕，一直哭一直哭，哭了整整一個下午。剛剛，媽媽終於回來了！可是媽媽沒有秀秀我，匆匆忙忙就跑去廚房作飯。媽媽是不是不愛我了？嗚……」

「別害怕，小妹妹。」抱抱菩薩牽起小妹妹的手，走到一扇門前。「這是媽媽的心門，你想不想進去看看媽媽今天是怎麼了？」

小妹妹點點頭。門開了，媽媽出現了。

「怎麼辦？怎麼辦？我有急事得出門，但又不能帶著妹妹……啊，我應該對妹妹有信心，她一定可以一個人待在家裡。就像我一個人一定可以去把事情處理好……哎呀，想不到這麼晚才回來，妹妹在哭，好想秀秀她啊！可是我得先把晚餐料理好，待會兒還得再去忙……」媽媽抬起頭，「咦——是妹妹嗎？」

小妹妹點點頭，媽媽蹲下來，把她抱進懷裡。「對不起，媽媽沒有秀秀你！媽媽太忙了，請原諒媽媽。媽媽好愛你！」

「哇——！」小妹妹哭了，哭得好大聲，好撒嬌，好開心！

小妹妹向佳蓮揮揮手，讓媽媽抱起來，轉過身，走進遠處一片燦爛的光裡。

人們又開始來廟裡拜拜了！他們看著菩薩流淚，聽著菩薩開示，享受著菩薩全然接受的擁抱。

天水伯一家人晚晚才進來廟裡。嘮叨菩薩輕輕說：「過去世已經過去，今生你們是一家人，只要好好在一起，一定能圓滿這一場愛的功課。」

抱抱菩薩點點頭，把三個人一塊兒抱進懷裡。「上輩子的因果業力比不上這一輩子的願力，只要有愛，發下大願，命運可以改變。未來，一定會轉向更好的方向。」

天水伯摟著天賜和天水姨，身子輕輕顫抖，說不出話。哭哭菩薩幫他流下了疼惜的淚水。

現在，廟裡坐著三尊菩薩，人們好喜歡來廟裡拜拜。哭哭菩薩讓他們覺得自己不孤單，嘮叨菩薩讓他們知道因果業力——雖然他們不一定愛聽！還好，有抱抱菩薩的擁抱，讓他們覺得被接納、也可以接納一切。

走出廟，人們心中暖暖，感覺生命充滿了希望，可以用行動去改變未來。他們都想著要去給心愛的人一個抱抱，給自己一個抱抱，也給這個有時陽光有時風雨的世界，一個大大的擁抱！

人們不知道的是，每天夜裡，在最深最深的黑暗中，三尊菩薩也會緊緊的擁抱在一起。每一次，都是嘮叨菩薩忍不住搶先說：「嘿，我們來抱抱吧！」

——原載二〇二二年六月《未來少年》一三八期

編委的話

・游愷濬：

我的身邊，也有像哭哭菩薩、嘮叨菩薩和抱抱菩薩一樣的人，聽見我訴苦會跟著我一起哭泣，看見我做得不好或不夠會碎念我，或者知道我受委屈會擁抱我，那就是我的媽媽。我看見故事裡的人們總是向菩薩訴苦，覺得菩薩也滿辛苦的啊！我也常常向媽媽訴苦，媽媽會不會也覺得很辛苦呢？

・林昀臻：

抱抱菩薩會給前來的人一個溫暖的抱抱，讓煩惱及陰影全都煙消雲散，於是寺廟又開始熱鬧了起來。抱抱菩薩就算沒有說話，沒有哭，只要一個溫暖的擁抱也能讓人充分感受到被安慰吧！真是完美的菩薩。

．**阮亮介：**

這三尊菩薩的形象很可愛很鮮明，最後描述祂們三位聊天擁抱，相處得就如同姊妹一般，更令人感受到菩薩的親近感，不再是遙不可及的神明。

．**張桂娥：**

擅長以幽默風趣筆觸描繪人物的作者為三尊菩薩設計可愛風的人物造型展現三種作為，為同理他人處境不停歇的發心轉念，只為找到讓人們心靈獲得療癒的良方。三尊現代風的菩薩，三位一體，團隊合作，普渡眾生，實在是好暖心啊！

童話湯旅・第三站

友情暖心湯

讚美圓形

亞　平

插畫／李月玲

作者簡介

自從無意中吃下老巫婆的酸果子，就無可救藥的愛上童話創作了。希望能持續創作出「溫暖、有新意」的童話作品。

曾得過國語日報牧笛首獎和二獎等。

著有《月光溫泉》、《我愛黑桃7》、《阿當，這隻貪吃的貓！》1-3集、《貓卡卡的裁縫店》1-3集、《狐狸澡堂》1-5集。

童話觀

童話是門「巧」的藝術：情節要精巧，人物要靈巧，敘事要輕巧。

如能再輔以「新鮮的想像力」、「溫暖趣味的文字」，必定能成就一篇精妙的童話作品。

因為烏龜的協助幫忙，「刺刺拍賣會」順利成功，刺蝟們決定要去烏龜家走一趟，拜訪兼致謝。

他們準備了水果餅乾小魚乾當作禮物，一行五隻刺蝟，浩浩蕩蕩的出發了。

烏龜看到五隻刺蝟一起上門，高興得不得了。他也擺出一桌豐盛的食物來接待這些朋友：

圓形的餐桌上，有圓形的盤子、圓形的碗，上面擺滿了圓形的蛋糕、布丁、奶酪、小披薩、水果，還有奶油小圓餅和草莓果醬，每一樣都非常可口。此外，烏龜還泡了六杯冒著香氣的熱紅茶，茶香餅香果香，加上乾淨的空間，整齊的擺設，這是一頓非常舒適怡人的下午茶啊。

刺蝟們一開始有些拘謹；但是喝了紅茶，吃了點心，再加上烏龜和氣熱誠的招呼，慢慢的，刺蝟們就越來越自在了。

一自在，錫刺蝟忍不住就問話了：「為什麼你家的東西都是圓形的啊？」

「圓形很美啊。」烏龜笑著說，「好用、方便，又圓滿，對，圓滿，這是我喜歡圓形東西的原因。」

「圓滿？」五隻刺蝟你看我，我看你。

「難道你們都不喜歡圓形的東西嗎？」烏龜有些疑惑。

「我們，是，比較喜歡，尖尖的東西，」金刺蝟開口了，「像我們身上的刺，又好看，又實用。」

「刺蝟的刺拿來當生活用品，真是實用。」烏龜比了個「讚」的手勢，「只不過使用時得小心一些，不然會被刺傷；圓形的東西就沒有這個問題了。」

烏龜平實的下了結論，刺蝟們雖然不是很同意，但還是點點頭。

「我們身上的刺是我們的武器，當然會有攻擊性；不過，只要小心使用，一定沒問題。」銀刺蝟不疾不徐的說。

「當然沒問題。你們雖然身上有刺，但是和你們相處，我一點也不擔心會被『刺傷』！」烏龜俏皮的說著。

「因為我們**身上有刺，心中無刺**啊！」金刺蝟簡潔的下了結論。

「對！**身上有刺，心中無刺**，這是我今天聽到最棒的一句話了。」烏龜又比了個「讚」的手勢。

「今天能夠和好朋友一起喝茶聊天，真開心。我特地準備了幾個禮物，回贈你們。都是老古董了，不值錢，請大家一定要收下。」說完，烏龜拿出幾個黑漆漆的東西來。

刺蝟們一看，竟然是圓形的烏龜殼！

「這個是我祖父的；這個是曾祖的；這個是曾曾祖的；這個是曾曾曾祖的。」

這些東西真是老古董；也真的是不值錢；不過，刺蝟們用過龜殼，知道這是好東西；再加上，烏龜又細心的把每個龜殼片磨成圓形——他最愛的形狀，這份心意，令人感動。所有刺蝟們都喜孜孜的收下了。

下午茶會就在歡欣快樂的氣氛中結束了。

回家的途中，五隻刺蝟們都若有所思。

他們一路沉默不語。最後是鐵刺蝟先開口：「今天去烏龜家，又是吃東西又是拿禮物的，很開心；不過，想到之前和烏龜不熟時，我們曾經誤解他，罵他是『討人厭的傢伙』，心中就覺得有些過意不去。」

「是啊，我也為自己曾經罵過他，感到後悔。」金刺蝟也說，「在沒有相處之前，我們不能用外表來評斷一個朋友，這樣，我們會錯失掉認識好朋友的機會的。」

「對，就像烏龜一樣。相處之後才發現他真是個可愛的傢伙。」錫刺蝟也說。

「對，可愛的傢伙，只是動作慢一點。」銅刺蝟補上一句。

「那麼，我們是否也要改變一下觀念，不要太執著尖刺的形狀，接受一下其他形狀的東西——例如圓形呢？」銀刺蝟問。

「你是說……」金刺蝟問。

「我是說，圓形的碗很好用。」銀刺蝟說。

「圓形的蛋糕很好吃。」銅刺蝟說。

「圓形的龜殼片很實用。」錫刺蝟說。

鐵刺蝟說：「同意。今天經過烏龜的介紹，我也慢慢喜歡圓形的東西了。」

金刺蝟說：「嗯，我也喜歡『圓滿』這個詞。好吧，從今天起，我們就也圓滿，嗯，這真是個很棒的詞。」

接受圓形吧。」

金刺蝟這麼一說，其他刺蝟都高興的點頭。

「不如，我們來做一個小小的活動吧。」銀刺蝟提議，「我們來『讚美圓形』——沿路走回去，只要是看到圓形的東西，都要讚美它。」

「是要考驗一下我們對圓形的忍耐程度嗎？」鐵刺蝟問。

「對。順便改變我們的觀念。」銀刺蝟說。

「好，那我們就一人說一個囉。」大家都點點頭。

一隻蝴蝶飛來。

錫刺蝟首先說：「蝴蝶圓形的翅膀好美啊！」

蝴蝶聽到了，在他們頭上繞了一圈大大的圓，笑著離開了。

一顆松果掉下來。

鐵刺蝟說：「松果粗粗的、刺刺的、圓圓的，我最喜歡了。」

每隻刺蝟都點點頭，他們本來就很喜歡松果。

一隻糞金龜推著一顆大大的糞球走過來了。

銀刺蝟動動鼻子，壓低聲音說：「這顆糞球製作精良，又大又圓啊。」

糞金龜以為銀刺蝟也喜歡糞球，直嚷著說要和他分享；銀刺蝟客氣的拒絕了。

最後，刺蝟們來到一大片的向日葵田，一朵朵向日葵盛開著，像一顆顆的小太陽。

現在只剩下金刺蝟和銅刺蝟沒說話了。

兩隻刺蝟看著廣闊的向日葵園，都感到有些頭暈——太多圓形了。

但是銅刺蝟還是先開口了：「圓形的向日葵，像圓形的小太陽，真美啊！」

沒錯，圓形的小太陽是很美，卻也看得大伙兒發昏；但是，一個甜美的聲音把大家驚醒了：「哇，你們怎麼都在這裡呢？太好了，要不要和我一起玩捉迷藏？」

是花刺蝟呢。美麗的花刺蝟。可愛的花刺蝟。

一看到花刺蝟，大家低迷的精神馬上振作起來：「在向日葵園裡玩捉迷藏嗎？太好了，一定很有趣。」銀刺蝟說。

「我最愛玩捉迷藏了，我是高手，隨便捉都捉得到。」鐵刺蝟說。

「大家最喜歡找我玩捉迷藏了，因為我都捉不到。」錫刺蝟說。

花刺蝟咯咯咯笑著，「捉迷藏就是要捉不到才好玩，來，快來捉我啊！快點，快點。」說完，花刺蝟就鑽進了廣大的向日葵園，不見蹤影。

被花刺蝟的笑聲吸引，每隻刺蝟也鑽進了向日葵園，開始了捉迷藏的遊戲；只有金刺蝟不為所動。

他看著一大片的花海，猶疑著：這麼多圓形的花朵，看久了，真是心慌，一定要鑽進去嗎？

但是，銀刺蝟的叫聲，聲聲催來：「金刺蝟，你不進來玩嗎？」

「嗯……好，我馬上就來。」金刺蝟想了一下，最後也鑽進向日葵園裡了。

向日葵花莖高聳粗大，走進園子裡，像是走在繁密的叢林裡。

清涼的微風，隨著葉片陣陣吹送；幽微的花香，一縷縷襲來，金刺蝟聞久了，也感覺到清涼舒適；而原本刺眼的圓形花朵，看久了，也不刺眼了。

不過，金刺蝟落後花刺蝟他們太多了，他怎麼找也找不到花刺蝟的身影，甚至，連銀刺蝟他們也見不著；而每棵向日葵是那麼的相似，每個轉角相似，每個土丘也都相似，走著走著，金刺蝟發現自己迷路了。

「糟糕，迷路了，怎麼辦？」

金刺蝟越走越心慌，越心慌越找不著路。他在偌大的向日葵園胡亂瞎走，大聲呼喊：「銀刺蝟——你在哪裡？銅刺蝟——你在哪裡？」

沒有任何回音。只有微風，陣陣吹送。

金刺蝟絕望了，他想著：「完蛋了，找不著出路了，也許我會在這向日葵園裡迷路、失蹤，一天二天，一個星期二個星期，誰都找不到，誰也沒有發現——」

突然，一個嗡嗡的聲響驚醒了他：一隻黃色的小瓢蟲。

小瓢蟲在他頭上打轉，似乎要和他說些什麼。

金刺蝟靈光一閃，他大喊著：「我知道了，你是花刺蝟的小瓢蟲，你來帶我走出向日葵園嗎？」

小瓢蟲點點頭。

就這樣，在小瓢蟲的帶領下，金刺蝟順利走出了向日葵園。

當他看見他好朋友的那一刻，他激動的說著：「小瓢蟲，謝謝你！要不是

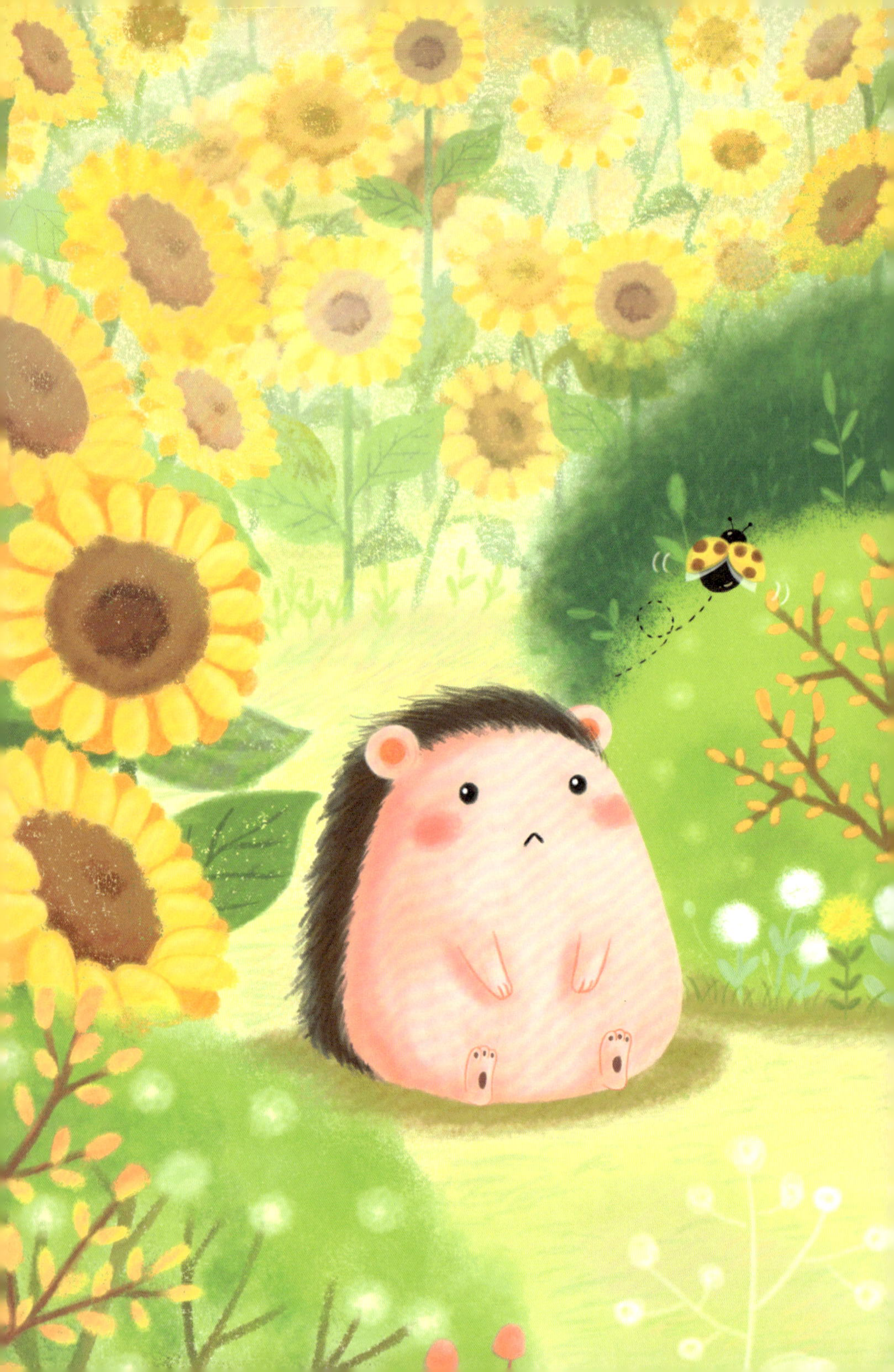

你幫忙帶路，大伙兒可能再也看不見我了。小瓢蟲，小小的身體，圓圓的殼，多麼美麗的小東西啊。」

所有的刺蝟以為金刺蝟是在讚美圓形；卻不知，他講出的是他在向日葵園裡迷路失蹤、心驚膽跳的心底話。

六隻刺蝟度過了充實的一天，終於要分手回家了。

金刺蝟說：「今天回家後，我還要做一件事，這件事做了，才是徹徹底底的讚美圓形。」

「什麼事？」

「我要把圓圓的蘑菇煮來吃。」

「什麼？你都沒吃過蘑菇嗎？超好吃的。」錫刺蝟問。

「我不喜歡圓形的蘑菇嘛！不過，從今天起，我要試著吃吃看。」金刺蝟說。

「油煎最好吃。」

「蘑菇湯也不賴。」

「清炒吃原味，保證一顆吃完又一顆。」

「一半油煎，一半煮湯啦！」

有這麼多選擇，金刺蝟對今天的晚餐充滿期待。

——原載二〇二二年十月十三——十五日《國語日報・故事版》

編委的話

・**游愷濬：**

透過刺蝟們和烏龜的互動，我發現除了欣賞自己的優點之外，要懂得理解包容以及真心稱讚他人，並且不以貌取人，才能夠獲得真誠的友誼！

・**林昀臻：**

「刺刺」是刺蝟們的美感象徵，每一根都必須亮！尖！挺！硬！相對的，圓圓滑滑、扁扁平平的東西，好比說烏龜殼，就是他們最討厭看到的。在金刺蝟不斷抱怨烏龜走路很慢的那天，居然被烏龜解救了，意外展開一場「圓刺友好」之旅，他們互相交換了彼此最寶貴的收藏品，圓圓加刺刺，讓我有一種天下無敵的感覺呢！

・**阮亮介：**

這群天然系的刺蝟們活潑開朗，整天忙著比拚或七嘴八舌的鬥嘴，也因此發生了許多有趣的小故事。為了學習好友欣賞圓形的圓滿概念，刺蝟們一時興起，決定開始練習讚美圓形！刺蝟們的想法充滿了童稚的趣味，有點無厘頭，看了莫名覺得還挺療癒的呢！

• **張桂娥：**

這篇作品是「金刺蝟銀刺蝟」系列（單元連載）故事列車的最後一站。說故事高手作家揮灑豐沛的創意筆觸，帶領讀者陪同刺蝟群好朋友拜訪新朋友烏龜家，完成一場深度交流之旅。跨越文化差異締結的美好情誼真是閃亮，愉快的故事結局讓讀者感受無比窩心的友情泡泡呢！

毛茸茸的問號

朱心怡

插畫／劉彤渲

作者簡介

堅持幼稚，雖然身體辦不到，但是心靈可以。看過動畫《馬達加斯加》後，找到了二次元代言人——朱利安國王，I like to move it move it。

童 話 觀

每個人的內心都藏有一個受過傷的小孩，他在等待一個眼神的關注、一次耐心的傾聽。我想透過童話故事，對他說說話，呼呼，眼淚飛走了。

問號為什麼會毛茸茸的？

還不是太多的為什麼，把問號給氣到炸毛了。

標點符號公司成立超過一百年了，老大是句號，說一不二，也是標準的話題終結者，沒有人能講得贏他。老二是逗號，說話時喜歡歪著頭，總是有說不完的話。他們倆的性格恰好相反，一嚴肅一溫和，公司在他們的帶領下，逐漸壯大。公司的成員也都有著鮮明的個人特色，比如：講話總是欲語還休的刪節號、最會轉移話題的破折號、個子小性子急的頓號、容易大驚小怪的驚嘆號、被稱為公道伯的分號、喜歡引人注意的冒號、隨身帶著一堆標籤的引號，還有最具備懷疑精神的問號。

每個人都知道問號的招牌標誌，就是那一頭柔順絲滑的長髮，不知道羨慕死多少人。

這一天，問號卻頂著爆炸頭出現，跌破了眾人眼鏡。

驚嘆號瞪大了眼睛，問：「這是怎麼一回事，問號好好的，為什麼要去燙爆炸頭？」

頓號清了清喉嚨，意有所指的說：「你講到了關鍵字。」

冒號抬起頭，好奇追問：「什麼關鍵字？」

逗號歪著頭，猜測道：「爆炸？」

分號東看看西看看，一個頭兩個大，不太肯定的質疑：「不可能呀，問號又沒做什麼化學實驗，怎麼會爆炸？」

破折號忍不住翻起白眼，公布答案：「他是被氣到炸毛的。」

引號噗哧笑出了聲，說：「他自己就是問題大師，誰不看到他就跑，會有人有本事把他給氣到炸毛？」

刪節號欲言又止的解釋：「問號是個好奇寶寶，總是喜歡追問為什麼。但是，最近實在出現太多亂七八糟的為什麼，導致問號的工作量加重，問號被莫名其妙的問題搞得焦頭爛額，就……氣到炸毛啦！」

忽然，問號的一聲大吼，把正在八卦的眾人給嚇得閉上嘴。

一牆之隔的辦公室內，問號大力的拍著桌子，質問：「我為什麼不能換工作？」

句號義正詞嚴的回答：「這是你的

工作，你不能推給他人。」

問號不服氣，爭辯道：「我不喜歡這份工作的內容，每天處理一堆問題，煩都煩死了。為什麼不能換？」

句號不理會眼前的炸毛問號，低頭工作。

問號無法忍受被忽視，怒道：「你該不是自己圓形禿，忌妒我有一頭秀髮，所以才不讓我換工作？」

句號猛然抬頭，瞪著問號，加重語氣，命令道：「自己的工作，自己完成。」說完，就把問號趕出辦公室，不管問號在辦公室外，如何的罵罵咧咧。

問號氣鼓鼓的回到座位上，對著電腦又開始唉聲嘆氣。

「你怎麼了？」冒號關心的問著。

問號逮住機會開始大吐苦水，說：「你看看這些留言，這些人簡直頭腦有問題，整天不做正事，淨想些奇奇怪怪的念頭。瞧瞧這些問的是什麼，一堆憑空臆想，我還得被迫簽名，真是丟盡問號的臉。」

聽到問號這麼說，大家一個接一個好奇的擠到問號的電腦螢幕前。

AI越來越發達，以後只要植入記憶卡，就不用上學了嗎？

有了3D食物列印機，就不用怕缺蛋了嗎？

如果中了樂透頭獎，還要工作嗎？

你媽和我同時掉到水裡，你會先救哪一個？

迷路了，應該去問土地公嗎？

驚嘆號轉頭問逗號：「你也看過這些留言，怎麼沒反應！」

逗號歪著頭，慢條斯理的回答道：「因為我跟著問題在思考，雖然我沒有答案，但是思考的過程本身就很有意思，所以我不覺得那些問題惱人啊！」

刪節號也忍不住小聲的說道：「那些問題有的仔細想想還挺有趣的，不是嗎？」

問號聽到後，不以為然的撇著嘴，問：「你覺得有趣，那我們交換工作，換你來每天面對這些天馬行空的問題，如何？」

刪節號低著頭，默默的回到自己的座位。

「你的語氣太衝了，刪節號沒有惡意。」分號跳出來幫忙緩頰。

問號繼續生著悶氣。

不想讓辦公室的氣氛越來越僵，大家主動結束話題，回到各自的座位上。

情緒低落的問號，沒有心思工作，於是向公司請了半天假，獨自溜到外面散散心。他漫無目的的走著，一路避開人群，最後走到了廣場公園。

四月的午後，陽光暖暖的灑落，問號坐在公園的長椅上昏昏欲睡。一隻黑狗追著松鼠跑過，驚醒了他，眼角餘光意外瞄到前方有一位畫家正在寫生。閒著沒事，問號慢悠悠的晃了過去，想看看畫家畫了些什麼？然而，明明黃花風鈴木開滿了枝頭，畫家的筆下卻描繪出一地的落英繽紛。

旁觀了許久，問號按捺不住好奇的問道：「你為什麼畫的跟現實不一樣呢？」

畫家停下了筆，微笑著反問：「什麼是現實？你眼睛看到的就是現實嗎？在我的眼中這些花過不久就會凋零，飄落一地，我不過是畫出未來的可能。」

「既然是寫生，你為什麼不畫出眼前所看到的景物？」問號莫名的堅持著畫畫就得寫實的立場。

畫家搖搖頭，告訴他：「繪畫是一種創造，創造的想像力是不受限制的，沒有人能規定我們一定得怎麼畫。」

看到問號皺眉抿脣，不是很認同的表情，畫家反問他：「你為什麼那麼執

著於眼前所看到的現象，而不願意穿透現象去自由的聯想，讓你的思緒上天下海、跨越古今，去感受真實的情緒，接受真正的你。」

「你說什麼？真正的我？」問號被畫家這麼一問，給問迷糊了。

「對，真正的你。」畫家重複說道。

「真正的我是什麼？」問號問道。

「只有你能回答這個問題。」畫家拿著畫筆指向問號的心。

「我不知道答案，我只是問號。」問號猛地搖著頭，瞬間情緒又低落了下來，他不斷喃喃的說著：「我只是問號，我怎麼會知道答案。」

回到家後，或許是連日來的緊繃壓力，問號就像一台持續高速運轉的機器，終於禁受不住熱過頭冒煙了。眼前一黑倒下前，問號還在想自己為什麼會是問號？

逗號是第一個發現問號生病的人，畢竟每天在工作上的交集最頻繁，問號的缺席很快就被他注意到。也幸好逗號發現得早，及時破門把昏倒在地的問號送到醫院，否則問號可能會因為高燒不退把自己變成永久的爆炸頭了。

醫生聽完逗號說明了問號最近的精神狀況，特地安排了心理諮商師來陪問號聊聊。

「還好嗎？」心理諮商師關心的話才說出口，就看到問號下垂的嘴角。他笑著替自己解圍，說道：「我在明知故問，對嗎？哪一個進了醫院的病人會還好？」

「沒有，我好多了。」問號說著有點不好意思，他是個有禮貌的人，剛才不經意的小表情似乎是讓初次見面的心理諮商師留下臭脾氣的不好印象。

「你的發燒似乎是跟長期的精神壓力有關，你願意談一談嗎？」心理諮商師溫柔的詢問。

問號又想起了畫家說的話，他說道：「我不知道什麼是真正的我？」

心理諮商師顯然沒有想過問號會有這樣的疑惑，他順著問號的話，問道：

「你認為現在的你是什麼？」

「我是問號。」

「你認為真的你應該是什麼？」

「問號。」

「既然你現在就是問號，為什麼還會認為這不是真正的自己？」

「為什麼我必須是問號？」

「生命的樣貌無法由你選擇，你是被創造出來的，只能接受。」

「不能改變嗎？」

「難道你對自己不滿意？」

「說不上來這種感覺，也許不是不滿意，只是累了，想換一下別人的生活。」

「你了解別人的生活是怎麼一回事嗎？」

「不了解。」

「不了解，卻想要交換，這樣會不會太冒險？」

「我的生活總是充斥著各種各樣的問題，好希望那些問題有一天能夠全部消失，或者可以生活得像句號那樣，一切事情都馬上有定論，不用再思考。」

「句號的每個決定都是正確的，或者說快樂的嗎？」

「我沒有問過他，他也沒有說過。」

「那麼你有沒有想過句號可能過得比你還辛苦，因為他必須給出答案，對也好，錯也罷，一切決定了就是決定了，無法回頭。你再仔細想一下，提出問題的人容易，還是給出答案的人輕鬆？」

問號被問到啞口無言，沉默了許久，才說道：「可是我不知道自己的存在價值是什麼？」

心理諮商師被問號的老實模樣給逗笑了，他摸著問號那一頭還是有點毛燥的頭髮，說：「問號本身就有不可取代的價值，只要具備思考能力，就一定會提出問題。」

「真的嗎？」

「當然是真的。只是別人有問題，不一定會表現出來讓大家知道，可能只是埋藏在心底，唯有自己知道。但是你不一樣，你是問號，所以問題總是攤在陽光下，讓每個人都能一眼看見。」

「那些問題不是都是我的，很多是別人的問題。」

「既然你都知道不是自己的問題，為什麼還要把問題的責任背負在自己的身上，為此鬱鬱寡歡？」

心理諮商師的說法讓問號醍醐灌頂，頓時明白了長期以來的苦惱，不過是庸人自擾。問題本來就會隨著時間與人事的變化而層出不窮，提出問題並不代表就要解決問題；別人的問題，更不應該攬成自己的問題。想通後，問號開開心心的向心理諮商師道謝，又活力滿滿的回公司上班了。

看到問號恢復往日的精神奕奕，大家都鬆了一口氣。問號不在的期間，大家彷彿都憋著一口氣，悶得心頭發慌，現在終於又可以自在的八卦閒聊了。

「我好想你啊！」驚嘆號第一個衝過去抱住問號，熱情的說：「你都不知道，你不在的這段期間，生活乏味極了，每個人都像是機器人一樣，失去了溫度。」

「太誇張了，怎麼可能會這樣？」問號露出狐疑的表情。

「是真的。」句號站了出來，拍著問號的肩膀，說：「我們沒有你不行。」

問號還是不太相信自己有那麼重要，直到破折號暗示他去看電腦檔案。電腦檔案裡是問號不在的這段期間，公司的工作內容。那些往日平易不過的生活對話，在別的標點符號代班後，整個變了調。

（一）

「你好嗎。」

一看是句號，對方就不用回答了。

（二）

「你好嗎，」

既然是逗號，就還沒講完，對方等著下一句。

（三）

「你好嗎！」

為什麼要驚訝，莫非我看起來很奇怪！

（四）

「你好嗎、」

停頓的意思是依樣造句，還是要說別的。

（五）

「你好嗎……」

是我好到讓你無言了，不太樂見。

問號看著這些代班檔案忍不住捧腹大笑，原來少了他，就連最簡單的問候，都能引起各種情緒與猜疑，真是太有趣了。

引號湊到問號身邊，低聲問道：「現在你知道大家有多需要你了嗎？」

問號感動的點著頭，回答：「我們每個人都很重要，都是不可或缺的存在。」

刪節號聽著，淚水潸潸落下，習慣沉默的他常常被大家忽略，曾經他認為自己存在的意義不過是當背景板，他比問號更早質疑自己有什麼用？在問號請假離開公司的時候，他也跟著請假了。因為他同樣感到茫然，不知道工作的意義在哪兒？

他跟著問號到了公園，因為怕被問號責罵，他沒有現身，只是躲在一旁偷看。為什麼要這麼做？他也說不清楚。然後，他聽到了畫家與問號的對話。

「創造的想像力是不受限制的。」畫家這一句話彷彿當頭棒喝，刪節號突然發現了自己有無限可能。未說出來的話，就沒有定形，容許各種不同的猜想。原來，自己擁有最自由的空間。

標點符號公司又恢復每天忙碌且熱鬧的生活，不過，多了一項禁忌，那就是誰都不准拿問號的頭髮開玩笑。

毛茸茸的問號，這可是問號的黑歷史，千萬別好奇追問，再問，問號可能又要炸毛了。

本文榮獲一一一年教育部文藝創作獎教師組童話項優選

編委的話

・游愷濬：

每一個標點符號說出來的話，都有屬於他自己的意義。頂著爆炸頭的問號剛開始有點太過於固執不知變通，但幸好經過了一番的諮商，最後終於發現自己的責任跟重要性。老實說，我覺得自己很像句號，常常直接結束話題給出結論。省話一哥的爸爸是逗點，有一點點凶的姊姊是驚嘆號！而常常問我問題，要我思考跟回答的媽媽應該是問號吧？

・林昀臻：

這篇故事蘊含了很多人生的道理，雖然小孩子並沒有太大的煩惱，每天只要上課、吃飯、做作業、睡覺，跟大人比起來可說是無憂無慮。但當我們覺得壓力大或對人生感到迷惘時，可以翻閱這篇故事，紓解壓力。不論醫生還是畫家，他們說的話都直戳人心，不但幫問號解決了煩惱，也讓問號知道並非只有自己很辛苦。

・**阮亮介：**

故事裡的標點符號們，原來各有各的心理壓力，真的就像現實生活中的人們一樣。可是我們也不要忘了，每個人在世上都會有自己的存在價值，不要自己給自己太大壓力了。不要想太多，只要開心就好了（笑）。對了，我也有個問題想請教，問號請先不要生氣，請問你們標點符號公司是靠什麼賺錢的呀？

・**張桂娥：**

作者導入商業行銷思維的異化敘事觀點，將標點符號設定為「標點符號公司」從業人員，營造一個超寫實又幽默的故事情境。當「問題」員工「問號」引爆自我認同危機時，公司提供專業醫療支援而同儕們也給予溫暖的支持幫忙分擔業務，卻因專業不符無法勝任，讓「問號」看見了自己無可取代的核心價值，找回自信。極致的擬人化手法完美複製各種標點符號的特質，真是絕妙啊！

主編的話

迎接疫後微解封，乘著想像力的翅膀，出發囉！
——探訪「暖心童話湯」，悠遊「魔奇心宇宙」

張桂娥

1 緣起緣續 九歌童話選 精選年度代表創作二十年，不變的初心與承諾

二十年前（二〇〇三年）正月，在九歌出版社與初代主編徐錦成（高雄科技大學文化創意產業系教授）的縝密規畫下，台灣兒童文學史第一部紀年式年度精選童話集《九十二年童話選》長達一年的編選工作正式拉開序幕了！猶記當年我還在日本留學，因緣際會聽聞錦成老師分享《年度童話選》誕生的背景——從構思發想到企劃執行，乃至一年後成果出版發表，對主編在處理編務細節中的辛酸甘苦、克服重壓完成任務後的興奮喜悅與充實榮耀感等也感同身受。讓本人宛如見證人般，隔海虛擬體驗了台灣兒童文學發展史上，具有重大意義的歷史現場；同時也對九歌出版社高瞻遠矚開創台灣童話新紀元，感到敬佩萬分。時光

荏苒，轉眼間《年度童話選》即將迎接二十週年，敝人有幸參與編輯第二十屆年度童話選，請容我占用編後序篇幅，營造類日本成人禮般的儀式感，讓我們佇足片刻，回顧過去二十年來的一步一腳印，展望下一個二十年的更精采。

彙整年度童話選歷屆主編名冊——徐錦成、黃秋芳、傅林統、許建崑、王文華、陳素宜、周姚萍、王淑芬、亞平、謝鴻文、林哲璋——網羅各創作領域知名作家與兒文研究學者專家，各個都是牽引滋養台灣兒童文學界茁壯發展的貢獻者，個人深知自己絕非最適當的主編人選。雖然拜首屆主編長年分享童話選出版動態以及幕後經驗傳承所賜，個人對編務的流程與細節早有濃厚的「既視感」，但個人長期對台灣童話創作現狀的觀察不足，在評估自身是否有能力承擔這項重任之時，仍然思考了好幾年，最後才下定決心挑戰這份深具意義的任務。其中最大的動能是：當我仔細閱讀二〇〇三年～二〇二一年歷屆主編發表的選拔紀實與編後附記，掌握這部童話選的成立背景目的、讀者反應、作家觀點、學界評價與社會期許之後，我再次感受到九歌《童話選》精選優質創作二十年，不變的初心與承諾！就是一份尊重與堅持，要讓台灣的孩子們用自己的視角選擇真正喜歡的童話；讓所有孩童透過年度童話選品味一整年最精采的創作，開啟繼續深度閱讀的門扉！

這份理念與信念是九歌出版社送給未來主人翁的貼心禮物，讓讀者以等身大的兒童觀點享受閱讀童話的自由與樂趣。即使在經濟實力屬於全球前段班的台灣，對絕大多數庶民家庭而言，兒童文學出版物長期被視為高攀不起的文化奢侈品。一本CP值破表的年度精采童話選，可以讓父母養育者或教育機構毫無負擔的提供給孩童，增加小讀者賞析優質童話的機會。因此本人決定硬著頭皮接受挑戰，承接歷屆主編傳承的使命，在執行編務時將《童話選》二十年來始終堅持的初心永誌銘記，完成具有里程碑意義的二十週年童話選。

2 蓄勢待發　解封想像力的翅膀　俯瞰童話大千世界

在開始招募小主編之前，除了閱讀已出版的十八年份童話選作品，向初代主編錦成老師汲取寶貴經驗之外，於二〇二一年十二月底透過臉書向當時負責《一一〇年童話選》的主編——九十五年～九十七年、一〇九年～一一〇年，前後擔任五年主編——歷屆最資深的秋芳老師請益，感謝她慷慨無私的分享所有相關檔案，讓我順利啟程踏上編務工作的第一里路。同時也感謝錦成老師以及九歌編輯部欣純的神救援，從訂閱報紙週刊、期刊雜誌、蒐集各大文學獎項入選作品，到如何引導小主編完成最後的決選會議等，長期提供我許多實用的建議。二〇二二年，我們順利蒐集到將近三百篇作品，閱讀新鮮人的小主編們開始徜徉在幸福的童話王國裡，沉浸在閱讀的樂趣中。

訂閱了《國語日報》與《國語日報週刊》，收錄兩百一十二篇童話，系列作和迷你連載故事不少，小主編們留下深刻印象。可能因為小主編年齡層與作品屬性的關係，《國語日報週刊》留下深刻印象的作品不多。至於歷年有蒐羅少數來自《更生日報》的童話作品，由於主編在定時查找官網版電子報時有所疏漏，只找到一篇林佳儒〈小龍的書中歷險記〉，對其他已於本報發表創作的作家們深感抱歉，下年度會檢討修正，找齊收滿。

期刊雜誌方面，欣純與小主編家長提供的小天下《未來兒童》、《未來少年》、兒童文學學會雜誌《火金姑》、《兒童哲學》雜誌等總共三十六篇。除獲得年度推薦作品之外，小主編們留下深刻印象的有〈山精派對〉、〈有禮貌的牙醫先生〉、〈歡迎光臨獼猴園〉、〈烏龍天使閃不亮〉等主題多元的作品。除了上述所有公開管道可以取得的正式發表創作之外，欣純協助蒐羅了台灣南北東西各大文學獎作品總共二十六篇——教育部「文藝創作獎」、「吳濁流文學獎」、「蘭陽文學獎」、「桃園鍾肇政文學獎」、「台中文學獎」、「屏東文學獎」。

由於大部分得獎作品的發表時間都集中在暑假過後，小主編們在十月之後，的確感受到不小的壓力。上半年還有暑假期間，小主編們還有餘裕可以再三反覆閱讀討論，分享彼此的想法；最後的兩個月就都得集中精神，全神貫注，才得以細細品味這些先前已獲得各獎項評審委員們高度肯定的得獎作品群。

就這樣讀完一篇又一篇作家精心創作的童話，小主編們在這充實的一整年當中，總計評閱了兩百七十五篇來自多元管道的傑出精采創作。包含我在內的所有編委們，彷彿置身繽紛多彩的童話樂園，開懷暢遊，流連忘返。當然還有許多因為團隊力有未逮，未能全數蒐羅列入閱讀書單的眾多遺珠佳作，懇請作家們海量包容。也期待各界關心本童話選的有志人士與盟友們，未來能熱情分享告知取得管道，以臻完美。

3 招募旅伴　多元背景小主編　歡樂共遊領航員

在招募小主編之前，對於適當人選已有縝密的構思與規畫，一方面希望能找到閱讀經驗豐富，文本識讀素養高超的資深閱讀「達人」提供精湛評析視野；另一方面也期待經驗值普通或不是那麼豐富的閱讀「素人」以不受先入主觀影響的直覺，鑑賞作品世界原汁原味，單純分辨喜歡跟不喜歡。為兼顧不同學齡層的閱讀需求，希望網羅低中高年級，以求周延；在性別差異方面，想力求均衡；而在生長環境、語言文化、教育背景方面，則希望呈現多元樣貌，以開拓多元價值觀視野。

很幸運的招募過程意外順利，最理想的小主編團隊，在短短兩星期之內就已經全數就位，整裝蓄勢待發！亮介——在具有中日雙語文化背景原生家庭成長的陽光男孩，是閱讀經驗值最資深的領航小隊長，年初參加時就讀於日僑小學六年級，暑假後升學國立政大附中國中部一年級，為團隊提供高年級讀者的觀點；昀臻——從小喜歡閱讀，但是隨著學習環境變化將生活重心擺在課業的文靜女孩，閱讀經驗值普通但是很擅長摘要故事內容的冷靜旁觀者，年初參加時就讀公立小學五年級，暑假後升六年級，為團隊提供中高年級讀者的觀點；愷濬——認識生字不多，卻對文字異常敏銳，喜歡思考更愛提問的好奇弟弟，企圖心最強最積極想讓閱讀經驗值破表的童話世界探險家，年初參加時就讀私立小學二年級，暑假後升三年級，為團隊提供中低年級讀者的觀點。

三位來自不同年齡層、就讀公私立中小學、擁有不同的閱讀經驗值以及多元語言文化背景，再加上童心十足、自認心智年齡停滯在青少兒期的主編我，兩男兩女性別平衡，算是最靠近理想團隊的組合了！透過「小主編的話」（見第二集卷尾），讀者可以得知小主編們的童話觀與審美意識、參與編輯過程的心境變化以及推薦童話作品的標準、對小讀者與作家的期許，決審會議的回顧省思等，精采的幕前幕後花絮分享。

在新冠疫情狀況未明，生活環境充滿變化，日常作息尚處於失序混亂之際，編輯團隊成員養成逐篇記錄個人心得感想習慣，並上傳雲端檔案與成員共享資訊；定期參與視訊例會並發表意見、進行口頭討論（有馬拉松式選戰拉票的氛圍）。暑假期間甚至每星期開夜會討論，反覆閱讀上半年所有作品，細膩品味每一篇作品的字裡行間，以不同觀點探索各種解讀作品的可能性，建構深化個人的童話觀。這樣長達一整年的辛勞付出，幾番唇槍舌劍「放大絕」論戰後，才選出最後的作品清單，對小主編而言，無異是人生初體驗的極限考驗啊！

如果編輯團隊的決議無法說服所有讀者，讓某些讀者不滿意甚至無法接受，也懇請讀者們以理解包容的高度，以廣角視野的思維象限接納多元觀點的「異」見。回顧這一年，個人很慶幸自己有機會陪伴三位續航力無上限的小主編，放手讓他們擔任導航員帶我飽覽童話王國的夢幻園地，讓我有機會拋棄制式化的刻板印象，以最貼近兒童讀者的視角，諦觀二〇二一二年台灣原創童話原生的地景生態。

至於個人扮演的腳色，我把自己當作「工具人」，提供硬體軟體資源，營造一個可以暢所欲言，自由交換意見的場域空間，讓小主編用自己的方式跟文本溝通，透過同儕交流反思重組，建構自己的閱讀小宇宙。因為「閱讀」，原本就是件非常自由而且很私密的個人體驗，只有讀者才知道自己跟作品之間，到底發生了怎樣的化學反應；自己透過閱讀改變了什麼；而最終又想獲得什麼呢！

4 揚帆啟航

探訪「暖心童話湯」 悠遊「魔奇心宇宙」

歷經春夏秋冬四季的初選討論會，讓小主編們一見鍾情、怦然心動的決選名單（含短篇連載故事共五十篇左右）終於誕生！主編提醒小主編們將之前的評價歸零，利用兩三星期再重讀一次，好好咀嚼消化後，確認最終的評選標準，於十二月二十五日聖誕節當日進行決選會——這是一一一年度編輯團隊第一次也是最後一次的實體會議，讓大小主編以及家長們都非常期待，根據過去的決選紀錄，當天會比疫情動向更讓人難以捉摸，完全無法預測會出現怎樣的混亂局面呢！

一如往年，決選日的決戰氛圍，連星際大戰般的魔獸級混亂都不遑多讓。如同三位小主編描述的最後一戰攻防戰紀錄，一開始每位小主編都有備而來，口袋都有自己預先排好的推薦作品順位名單。由於第一輪獲得三位小主編一致同意的作品只有六篇：張友漁〈瞧！怪阿獸在旅行〉、林哲璋〈垃圾場裡的字典哥〉、王文華〈有禮貌的牙醫先生〉、陳麗芳〈我的媽呀變成溫泉了〉、黃淑萍〈時間錯亂鐘〉、蔡珮瑤〈海默奶奶的奶奶〉，確定入選。其他作品因為小主編們的童話觀差異甚大，看法分歧，因此第二輪以獲得兩票的作品為討論對象。第二輪經過討論後，獲得三位小主編一致同意的作品有：王昭偉〈宇宙睡獸〉、王文華〈魔法老師古莫華〉，因為王文華入選兩篇，再次討論結果，確定留下〈魔法老師古莫華〉。經過兩輪決選投票共有七篇入選，接著再繼續進行第三輪討論。

第三輪因為小主編們希望力保自己喜歡的作品入選，因此是各自堅持，雖然面對整桌獲得兩票的作品，但總是不願放行最後沒有獲得自己那票的作品，因而呈現膠著狀態，僵持糾結而無法達成共識。後來旁觀的主編決定介入，請小主編們再一篇篇重新討論，針對自己判定值得推薦跟覺得不適合推薦的理由具體而詳實的說明，讓大家在充分認識這些作品的前提下，冷靜做判斷。

閱讀經驗值最高的亮介發揮閱讀素養與自信的口吻，詳細解說每篇作品的優缺點，並陳述他認為值得推薦的理由——例如故事情節發展不老套有意外性、主角人物場景設定和邏輯，故事結局有感動到讀者等，試著說服其他小主編接受自己的看法，拉近彼此的童話觀。昀臻做適當補充，以女孩觀點分析故事人物設定的優缺點以及對故事結局的另類觀點。而原本偏好成語修辭，重視語文趣味性的愷濬，經過亮介的導讀，對於一些使用高度敘事技巧或深邃的隱喻修辭，以及蘊藏深層哲理等需要進一步探究的抽象童話故事，則有了更深入的理解。這階段被三位小主編發現魅力而同意入選的有：童言〈拜託拜託土地公〉和朱心怡〈毛茸茸的問號〉。

不過愷濬也不是省油的燈，他雖然無法侃侃而談，但是為爭取自己喜愛的作品——亞平「金刺蝟銀刺蝟」〈讚美圓形〉與王千緣〈名字的故事〉入選機會可謂卯盡全力，終於感動兩位小主編（雖然兩位小主編覺得〈讚美圓形〉故事張力沒有特別強烈；〈名字的故事〉帶有歧視性別或者人名的負面訊息，但後來也被愷濬說服，尊重作者的創意，賦予作品較正面的意義），轉而支持兩篇作品的入選。而昀臻呢，如同她在「小主編的話」所言，她一方面與亮介的閱讀感受較相近，另一方面盡量同理愷濬的閱讀偏好，所以一向採取較溫和的中庸立場，理解贊成與包容雙方的意見。不過這一階段，不知道是不是受到愷濬捍衛理念的「奮戰」熱血的影響，她開始堅定表達自己的看法，為了她的最愛挺身而出「拉票」，終於讓王家珍〈月亮妖精〉成功入選。

於是在長達四小時馬拉松式的拉距混戰中，最後的決選名單十二篇作品正式誕生。接下來是決定年度代表作得主（曾經得獎的作家無法重複得獎）。三位小主編再度溝通討論，全方位考量作品主題、創作技巧手法，以及作品意涵與閱讀樂趣等等，決定推選陳麗芳〈我的媽呀變成溫泉了〉為年度代表童話。為預防作品因為版權問題無法收錄，所以當天再舉行敗部復活賽，選出林世仁〈哭哭菩薩〉與巫佳蓮〈斑馬線找斑馬〉當候補作品。

由於張友漁〈瞧！怪阿獸在旅行〉無法授權，再加上一一一年度入選作品篇幅較長，編輯部決定出版兩本分冊套書，並維持年度推薦童話以及擴編收錄作品上限至十四篇。於是編輯團隊年底再度集結，舉行二次決選會議（敗部復活延長會外賽）。年度推薦童話由蔡珮瑤〈海默奶奶的奶奶〉和王文華〈魔法老師古莫華〉進行ＰＫ戰，兩篇都深受小主編推薦，最後由後者——大家嚮往的校園魔法老師勝出，成為年度推薦童話作品（理由詳見第二集）。

另外，除原來的兩篇候補作品外，決定選出中篇連載故事——本年度唯一超過一萬字的山鷹〈四瞳，我的喵星人〉補位上榜，讓童話選作品呈現多元樣貌。

從近三百篇作品中脫穎而出能進入複選名單的作品都非常精采，要入選年度童話選果然競爭激烈！因此在決選階段，必然出現眾多遺珠之憾，真的很令人揪心，如：邱慧雯〈珊瑚礁有鬼〉、卓亮辰〈新視界眼鏡行〉、鍅九九〈烏龍天使閃不亮〉、賴曉珍〈歡迎光臨獼猴園〉、柯姿伶〈風獅爺，瘋獅爺〉、林加春〈又沒有鬼〉、康逸藍〈影子阿酷出走記〉、李明足〈親愛的奶爸〉、李光福〈最佳代言者〉、三月兔〈超級媽媽〉。這些作品很受到小主編青睞，原本有機會入選，因為些微差距而意外翻盤，或者小主編有更愛的作品而終究還是只能割愛。請容主編利用這個版面，向卓越的作家們致上崇高的敬意！

分析入選作品出處為：《國語日報》五篇、《未來少年》三篇、《未來兒童》一篇、《火金姑》一篇、「文學獎項」四篇。呈現報章、兒童文學專業雜誌，與各大「文學獎項」三足鼎立的局面，足以說明台灣兒童文學童話創作的發展面向，已達到多元且影響力均衡的局面。也就是說，創作者可以選擇多種管道，讓自己精心創作的成果有更多機會接觸到讀者；無論經由哪些媒體，讀者都有機會欣賞到優秀的作品。

因為疫情的關係，台灣社會民眾歷經兩年混亂失序的生活，從封城—半封城生活—微解封，到去年年底終於有機會看到希望，迎來完全解封後疫情新時代的曙光。於是大家開始規畫輕旅行，期待伸展塵封已久的想像力翅膀，遠離孤立封閉的家居生活，歡樂出航，前往謳歌自由的樂園舒展身心。在這種環境氛圍下，檢視一一一年度選作品，意外發現這些作品也乘載了台灣童話創作者們的盼望與期待，為讀者們超前布署，規畫了一系列迎接疫後的旅程——療癒心靈之旅以及探索未來之旅。

首先，「解封想像輕旅行」前段行程（本書）規畫成「出發囉！探訪『暖心童話湯』」之童話湯旅——安排讀者從前往第一站「親情暖心湯」走訪〈我的媽呀變成溫泉了〉、〈時間錯亂鐘〉跟〈海默奶奶的奶奶〉，換個心境視角，前進第二站「轉念暖心湯」體驗〈名字的故事〉、〈哭哭菩薩〉的正面思維，充飽心靈能量。之後再透過〈讚美圓形〉感受友情羈絆的美好，與〈毛茸茸的問號〉展開尋找自我探索有情世界的心靈之旅，找到讓自己心靈安心自在的自由場域，享受暖心的人生之旅。

「解封想像輕旅行」後段行程（第二集）規畫成「啟程吧！悠遊『魔奇心宇宙』」之宇宙壯遊——安排讀者搭乘「奇航號」跟著〈宇宙睡獸〉、〈月亮妖精〉、〈四瞳，我的喵星人〉遨遊「星宇宙」，展開探險魔奇世界的奇幻心旅；接者換乘「漂航號」，陪伴不知從何而來又將往何去的無生命物體〈斑馬線找斑馬〉、〈垃圾場裡的字典哥〉謎遊「物宇宙」，展開解碼心魔謎思之旅。最後轉乘「導航號」返回到人世間，感受〈拜託拜託土地公〉、〈魔法老師古莫華〉的神祕力量，讓神通廣大的地靈（土地公）人傑（聖賢師）導覽小讀者悠遊「心宇宙」，續航魔奇夢幻的人生旅！

希望讀者們喜歡我們用心安排的後疫情微解封童話樂園之旅！期待一一二年我們懷抱感謝與敬意，再度尋訪美麗的童話新樂園，將滿溢的希望與愛從台灣傳遞到世界的每一個角落，只要有童心，童話的力量無遠弗屆！

寫於二〇二三年初

九歌一一一年童話選：
解封想像輕旅行，出發囉！探訪「暖心童話湯」

Collected Fairy Stories 2022

國家圖書館出版品預行編目 (CIP) 資料

九歌童話選．一一一年：解封想像輕旅行，出發囉！探訪「暖心童話湯」
/ 張桂娥主編；李月玲，劉彤渲，蘇力卡圖．-- 初版．-- 臺北市：九歌出
版社有限公司，2023.03
　面；　公分．--（九歌童話選；25）
ISBN 978-986-450-539-5（平裝）
863.596　　　　　　　　　　　　　　　　112001194

主　　編——張桂娥、游愷濬、林昀臻、阮亮介
插　　畫——李月玲、劉彤渲、蘇力卡
執行編輯——鍾欣純
創 辦 人——蔡文甫
發 行 人——蔡澤玉
出　　版——九歌出版社有限公司
　　　　　　台北市 105 八德路 3 段 12 巷 57 弄 40 號
　　　　　　電話／02-25776564・傳真／02-25789205
　　　　　　郵政劃撥／0112295-1

九歌文學網　www.chiuko.com.tw

印　　刷——晨捷印製股份有限公司
法律顧問——龍躍天律師・蕭雄淋律師・董安丹律師
初　　版——2023 年 3 月
定　　價——300 元
書　　號——0172025
I S B N——978-986-450-539-5
　　　　　　9789864505456（PDF）

本書榮獲 台北市文化局 贊助出版